ことのは文庫

約束のあの場所、君がくれた奇跡

水瀬さら

MICRO MAGAZINE

目次
CONTENTS

約束のあの場所、君がくれた奇跡

第一章　変わり始めたふたりの関係

「天気予報、外れたな」

あたたかい店内から冷え切った闇の中に一歩出て、日高朝陽《ひだかあさひ》はつぶやいた。

東京に「大雪警報」が発表されたのは今朝のこと。

関東沖を通過する南岸低気圧の影響で大雪になると、朝からテレビやネットのニュースは大騒ぎだった。

それなのに思ったほど雪は降らなくて、都内はうっすらと白くなった程度。午後七時過ぎの現在、わずかに積もった路上の雪は、行き交う人に踏まれて泥まみれになっている。

スニーカーで店の前の路面をこすると、とけかけた雪がじゃりじゃりと音を立てた。

「朝陽くん、朝陽くん！」

カランッとベルの音を立て『カフェ　ナリミヤ』と書かれたレトロなドアが開き、蝶ネクタイに黒いベストを着たマスターが顔を出す。

「これ持って帰って、六花《りっか》ちゃんに渡して」

「え？」

「合格祝いだよ！　今日も六花ちゃんに会うんでしょ？」

朝陽の返事を聞く前に、マスターはにこっと口髭のあたりをゆるませ、紙袋を押しつけた。中をのぞくと、六花の好きなマスター特製プリンが四つ入っている。

今日、学校の授業中、朝陽のスマホに一通のメッセージが届いた。

隣の家に住む、ひとつ年下の幼なじみ、百瀬《ももせ》六花からだった。

【高校合格したよ！　春からは朝陽の後輩だね。よろしく、先輩！】

それをさっきマスターに話したら、ものすごく喜んでくれたのだ。

「わかりました。渡しておきます」

「『おめでとう！　よく頑張ったね！』って伝えておいて」

「はい」

朝陽の父と同い年だというマスターが隣に立ち、ビルとビルの間の狭い夜空を見上げる。

店内の淡いオレンジ色の灯りが、ふたりの姿を優しく照らす。

「カフェ」というより「喫茶店」と言ったほうがしっくりくる、昭和な雰囲気が漂う『カフェ　ナリミヤ』。朝陽は高校一年の春から二年近く、学校帰りや週末、ここでアルバイトをしている。

細身でひょろっとしていて、見るからに人がよさそうなマスターの名前は、成宮昇《なりみやのぼる》。喫茶店のマスターっぽく最近口髭を伸ばし始めたけど、はっきり言って似合っていない。

マスター、髭、ないほうがいいんだけどなぁ……。

ちらっと思った朝陽の横で、マスターが白い息を吐きながら、ひとりごとのようにつぶやく。

「雪……たいして積もらなかったねぇ……」

背中を丸め、両手を抱えてさすっているマスター。その姿を見ていたら、なんだかこっちまで寒くなってきた。

朝陽はマフラーを取り出そうと、肩にかけたスクールバッグを開く。教科書やノートの間に見えたのは、男子高校生には似合わない、ピンクのリボンで可愛らしくラッピングされた小さな袋。

用意しておいてよかったと心の中でホッとしつつ、チェックの青いマフラーを巻き、バッグのファスナーを閉める。

「じゃあ、お先に失礼します」

「お疲れさま。気をつけて帰ってね」

「はい」

笑顔のマスターにぺこりと頭を下げ、朝陽は濡れたアスファルトに足を踏み出した。

駅の近くの『カフェ　ナリミヤ』が建つ路地を進み、住宅街にある朝陽の家までは徒歩十分。東京都内とはいえ駅から少し離れれば、人通りも少ない寂しい街だ。

「さむっ……」

背中を丸めて、首にぐるぐる巻いたマフラーを口元まで押し上げる。

道路の端に泥だらけの雪が、迷惑そうによけられていた。通学路にある児童公園の植木には、わずかに雪が積もっていたが、明日になれば消えてしまうだろう。

よかった。雪は好きじゃない。できればあまり見たくない。

そんなことを思いながら何気なくポケットに手を突っ込んだとき、スマホが震えた。

足を止めて画面を開くと、そこには六花からのメッセージが、暗闇の中にぼんやりと光っている。

【バイト終わった？】

かじかんだ手で、ぎこちなく文字を入力する。

【終わった。今からそっち行く】

【はーい。待ってるね】

素早く表示される文字。あいかわらず六花は返信が早い。こまめなやりとりは面倒だと思ってしまう朝陽とは正反対だ。

スマホをまたポケットに突っ込む。

朝陽にとって、妹のような存在である六花。特に用事がなくても、バイト帰りに六花の家に寄ることが、最近の日課になっていた。

薄暗い街灯の下で、はあっと白い息を吐く。それからプリンの入った袋を大事に抱えると、とけかけた雪を踏みしめ、また歩き出した。

「こんばんはぁ」

「あら、朝陽くん、おかえりなさい。六花、上で待ってるよ」

「はい。お邪魔します」

六花の家を訪ねると、当然のように六花の母に迎えられた。もともとふくよかだった六花の母は、一時期ずいぶん痩せてしまったが、最近またふっくらとしてきた。朝陽はこっちのほうがいいと思っている。

慣れた調子で靴を脱ぎ、中に入る。居間のこたつでは眼鏡をかけた六花の父が、のんびり寝転がりテレビを眺めていた。

「おじさん、こんばんは」

「ああ、朝陽くんか。こんばんは」

「今日もお邪魔します」

「どうぞどうぞ、ゆっくりしてって」

ぺこっと頭を下げて階段を上る。

幼いころからこの家は、朝陽にとって第二の我が家のようなものだった。六花の両親にとっても、朝陽は息子みたいな存在なのかもしれない。

そのくらい朝陽と六花の付き合いは長かった。

「六花ぁ、入っていいかー？」

軽くノックしてから返事を待つ。

以前は返事も聞かず、自分の部屋のように入っていたけど、六花が中学生になったころ「あたしが返事してから開けて！」と怒られてしまった。今まではそんなこと言わなかったくせに。

だからそれからは、ちゃんと返事を確認してからドアを開けている。

しかし今日は様子がおかしかった。いつまで経っても返事がない。

「六花ー、いるんだろ？　入るぞ？」

さっきメッセージでやりとりしたばかりだから、六花はここで朝陽を待っているはずだ。

「入るからな」

もう一度断って、ドアを開いた。

『あ、朝陽！　おかえりー！』

いつもだったらそう言って、しっぽを振る子犬のように、喜んで駆け寄ってくるはずなのに——。

「あれ？」

しんと静まり返った部屋の中、六花は窓辺にたたずんで、じっと窓の外を見つめている。見たこともない力強い視線で。

どこか大人びたその横顔は、六花なのに六花じゃないように思えた。

「六花？」

すると六花が、一言ずつ噛みしめるように言った。

「……こんなの、雪じゃない」

「え？」

「わたしの知ってる、雪じゃない」

「は？」

いや、六花の知っている雪はこんなもんだろう？　朝陽だってそうだ。大雪なんてめったに降らなくて、降ってもすぐにとけて、泥に混じって汚れてしまう。六花も朝陽と同じで、生まれたときから東京に住んでいるのだから、これ以外の雪なんて知らないに決まっている。雪国に旅行に行ったことも、スキーやスノボをしたこともないはずだし。

「なに言ってるんだ？　六花」

朝陽の声に、六花の表情がパッと変わる。まるで夢から覚めたかのように。

「あ、れ？」

大きな瞳を見開いて、きょとんとした顔で朝陽を見つめる六花。

「あたし……なにか言ってた？」

自分の言ったことをわかってないのか？

「寝ぼけてんのかよ」

六花は困ったように視線をきょろきょろ動かしたあと「えへっ」と笑ってごまかした。

まったく……しょうがないやつ。

朝陽は大げさにため息をつき、六花の部屋に足を踏み入れた。

床に敷かれたあたたかそうなラグ。その上に置いてある白くて丸いテーブル。ベッドにちょこんと座っているキャラクターのぬいぐるみは、朝陽が中学生になった冬、おこづかいを貯めて買った六花への誕生日プレゼントだ。

朝陽は真っ直ぐ部屋の奥へ進み、六花のいる窓辺に近づき外を見た。

クリーム色のカーテンの向こう、ぼんやりと街灯の灯りに照らされた雪は、ほんのわずかしか残っていない。

「雪、もうほとんどとけちゃったよ。道路ぐちゃぐちゃだった」

「そっかー、天気予報外れたね。積もると思ったのになぁ……」

隣を見ると、朝陽を見上げている六花と目が合った。

ゆるくふたつに結んだ長い髪。あまり外に出なかったせいか、肌は透けるように白い。朝陽を見つめる大きな瞳は、子どものころと同じように澄んでいる。

「なにそれ。おみやげ？」

目ざとく六花が、朝陽の手元を指さす。

「ああ、これ、マスターから。六花に合格祝いだって」

紙袋を渡すと、中をのぞき込んだ六花の顔がぱあっと輝いた。

「やったー！　あたしの大好きなプリンだぁ！」

『おめでとう！　よく頑張ったね！』って。マスターが」

「ありがとう！　嬉しい！」

目を細めてくしゃっと笑う六花は、十六歳とは思えないほどあどけなくて、子どもっぽく見える。

「ねぇ、朝陽からは？」

「へ？」

「朝陽からあたしに合格祝いはないの？」

ちらっと肩にかけたバッグを見てから、朝陽はごまかすように咳払いをした。

「合格祝いっていうのは、自分からおねだりするもんじゃないだろう？」

「あっ、なにも用意してないからって、そういうこと言うんだから！　あたし、あんなに必死に勉強頑張ったのに、お祝いくらいくれたっていいじゃん」

六花がふてくされたように、頬を膨らます。朝陽は噴き出しそうになりながら、口を開く。

「まぁ、べつに用意してないとは……」

「あたし朝陽にお願いしたいことがあるの」

「え？」

ふてくされていたはずの六花が、目を輝かせて朝陽を見ている。

「お願いしたいこと？」

「うん！　プレゼントはいらないから、どこか連れてってほしいの。電車に乗って、どこか遠くにおでかけしたい！　だってあたし、遠足も修学旅行も行ったことないんだよ？」

きゅっと制服の袖をつかんできた六花に、朝陽はつぶやく。

「遠くなんて無理だろ」

言ってからハッと気がついた。六花は朝陽に微笑んで、そっと右手を左胸に当てる。

「大丈夫だよ？　あたしもう、元気だから」

六花の声が、朝陽の耳に深く響く。聞こえるはずのない六花の心臓の音が、トクトクと規則正しく聞こえてくるような気がした。

六花は幼いころから、重い心臓病を患っていた。両親と離れ、長い間ひとりぼっちで入院したことは何度もあるし、常に痛くてつらい治療を続けていた。

そんな六花を、朝陽はずっとそばで支え続けてきた。

小学生のころ、病院のベッドでめそめそ泣いている六花を笑わせようと、おもしろい話を聞かせてあげたり。

勉強道具を持って病室に行き、遅れていた勉強を教えてあげたり。

体調がよく学校に通えていたときは、毎朝迎えにいって一緒に登校し、休み時間のたびに一学年下の教室まで様子を見にいった。

しかし六花の病気がよくなることはなく、心臓移植しか助かる見込みはないと言われてしまい、中学生になってからはほとんど学校に通えなくなった。

病状が悪化し、一時は生死の境を彷徨《さまよ》ったことさえある。

それが去年、奇跡が起きた。六花が十五歳の三月、奇跡的にドナーが見つかり、心臓移植手術を受けることができたのだ。

手術後、六花はみるみる元気になっていった。一年近く療養しながら受験勉強もし、同い年の友だちより一年遅れで高校に合格した。

朝陽は黙って六花の左胸を見つめる。そしてぼそっとつぶやいた。

「そうだな。じゃあ……そのうち気が向いたら」

「なによー、それ！　ちゃんと約束してよ。朝陽は頼りになる、あたしのお兄ちゃんでしょ？　かわいい妹を、どこか連れてってよ」

「都合のいいときだけ『お兄ちゃん』とか言うな」

騒いでいる六花を軽くあしらい、朝陽は背中を向ける。

「じゃあな」

「え、もう帰っちゃうの？」

「それ届けに来ただけだから」

「ちょっと待って！」

六花が朝陽の行き先をふさぐように立ち、プリンの袋を見せた。

「プリン、四つ入ってる。でもうち三人家族なの」

そしていたずらっぽく首を傾け、にこっと微笑む。

「朝陽も一緒に食べよう？　マスターのプリン」

六花の笑顔を見ながらつぶやく。

「……そうだなぁ。そんなに言うなら、食べてやってもいいけど？」

「ふふっ、朝陽だって食べたいくせに。素直じゃないんだから」

六花が朝陽の制服の袖を引っ張り、部屋から連れ出す。

「お母さんにコーヒー淹れてもらおう！」

「しょうがないな。じゃあちょっとだけ」

なんて言いつつも、朝陽はなんとも言えない心地よい気分に包まれていた。


「お邪魔しましたぁ」

「またおいでー、朝陽くん」

「おやすみー」

結局朝陽は六花と六花の両親と一緒に、プリンとコーヒーをいただいてしまった。おまけに六花の母のおしゃべりに付き合っていたら、時計の針は八時半を回っている。

こんなにゆっくりするつもりはなかったのだが、めずらしいことでもなかった。ついつい六花の家に行くと、長居してしまうのだ。

「あ、ほんとだ、道路ぐしゃぐしゃだね」

一緒に外へ出てきた六花が、足元の泥混じりの雪を見てつぶやく。六花はいつもの、もこもこした羊みたいな部屋着姿。頬は薄紅色に染まっていて、はあっと吐いた白い息が、暗闇の中にふわりと漂う。

「寒いから出てこなくていいよ。風邪ひくぞ」

「いいの！　朝陽をお見送りしたいの！」

「お見送りって……すぐ隣だろ？」

六花の家の門を出て、三歩も歩けば朝陽の家の門に着く。

「だってさ、今日は嬉しいんだもん。春になったらあたし、高校生になれるんだよ？　信じられないよ、ほんとに」

そう言ってにこにこ笑っている六花は、すっかり顔色もよくなり、少し頬がふっくらしてきたように見える。たしかに、手術前と同一人物とは思えないほど元気になった。

そしてここまで元気になれたのも、あの泣き虫で甘えん坊だった六花が、つらい治療に耐えて頑張ったから。

それともうひとつ、六花に心臓を提供してくれたドナーが、この世界にいてくれたおかげなのだ。

朝陽は一度下を向き、足元の雪をスニーカーで蹴散らすと、再び顔を上げて言った。

「あのさ」

「うん？」

薄暗い街灯の下で、六花が微笑んでいる。六花の家の屋根と庭の草木に、うっすらと白い雪が残っている。

「よかったな」

「え？」

「合格おめでとう」

目を丸くした六花から顔をそむける。なんだか胸がいっぱいになって、そのまま自分の家の門を開けた。

そんな朝陽の耳に、六花の澄んだ声が聞こえてくる。

「ありがと、朝陽！　合格祝い楽しみにしてるね！」

振り向くと、にこにこしながら両手を振っている六花の姿が見えた。

「もういいから、早く家に入れ！」

「はーい、お兄ちゃん！　また明日！」

いたずらっぽく笑った六花が、軽やかな足取りで家に帰っていく。見慣れたドアがパタンと閉じたのを確認してから、朝陽は肩にかけたバッグを見た。

渡しそびれちゃったな……合格祝い。

「ま、いつでも渡せるからいっか」

冷たい空気に白い息を吐き出し、朝陽は自分の家の門を開いた。

「ただいまぁ……」

「あっ、朝陽兄ちゃん帰ってきた！」

「おかえりー、お兄ちゃん！」

「おかえりなさーい！」

靴を脱いだ途端、朝陽に向かって駆け寄ってくるのは、幼い弟と妹たち。もちろん朝陽にとって、こっちが本物のきょうだいだ。

「ただいま。遅くなってごめん」

「待ってたよー、兄ちゃん。宿題教えて！」

「今ね、ママとお風呂入ってたの。髪の毛はお兄ちゃんが乾かして！」

「お兄たんー、抱っこー」

あちこちから飛んでくる、幼い声。

「はいはい、わかったから、順番な」

とりあえず三歳の妹、甘えん坊の空《そら》を抱っこしてから、残りのふたりを引き連れてリビングに向かう。リビングにはおもちゃや絵本、脱ぎっぱなしの服などが散乱していた。

朝陽はそれを片手で拾い集めながら進む。散らかったテーブルの上には、やんちゃな小一の弟、陸《りく》のドリルが開いてある。

「ねー、これ教えてよ」

「陸ー、宿題は学校から帰ったらすぐにやれって、いっつも言ってるだろ？」

「だってわかんなかったんだもん」

「お兄ちゃーん、ドライヤー持ってきた！　いつもみたいにさらさらにして！」

「じゃあ、海《うみ》はそこに座ってて」

空を膝に抱っこしたまま、五歳のおしゃまな妹、海の長い髪を乾かしつつ、横目で陸のドリルを解く。

「ねー、兄ちゃん。宿題終わったらゲームしよう」

「だめだ。もう寝る時間」

「えー、ちょっとくらいいいじゃん。ママに内緒でさぁ」

「だめだめ。ほら、さっさと宿題やれよ」

そこへ裸のまま、一歳の弟、暴れん坊の宙《ひろ》がお風呂場から脱走してくる。

「こら、待て！　宙！　あ、朝陽くん、おかえり！」

宙を追いかけてきたのは、お風呂上がりの母親、波留《はる》だ。パジャマ姿で、濡れた髪を振り乱しながら、宙におむつをつけようとしている。

「ただいま、波留さん」

「悪いけどさー、宙のおむつ、はかせてくれる？」

「うん。いいよ」

朝陽は空に「ちょっとごめんね」と断ると、宙を追いかけた。

「宙！　こっちおいでー」

つたない足取りで、キャッキャと笑いながら逃げまわる宙。まさに言葉の通じない、小さな怪獣だ。

「あっ、追いかけっこ！　僕もやる！」

「あたしもー」

「追いかけっこじゃないって！　陸はさっさと宿題やれ！」

「お兄たん。おしっこー」

「えっ、空、ちょっと待って」

つかまえた宙を脇に抱えたまま、空をトイレに連れていく。

「サンキュー、朝陽くん。バイトで疲れてるのに、ごめんね。お腹もすいてるでしょ？」

波留が茶色く染めた長い髪をタオルで拭きながら、朝陽に言う。

「いや、プリン食べてきたから大丈夫」

「えっ、プリン食べたの？　お兄ちゃん、ずるい！　あたしも食べたかった！」

「あー、ごめんな？　海。じゃあ今度買ってくるよ」

「僕はプリンじゃなくて、ケーキがいい！」

「お前は早く宿題やれ！」

その様子を見て、波留がおかしそうに笑っている。

こんな、にぎやかなリビングはいつものこと。まるで小さな保育所のようだ。

朝陽の家は、両親と朝陽とふたりの弟とふたりの妹の七人家族。けれど昔からこんなに騒がしかったわけではない。

朝陽が九歳のとき父が再婚し、新しい母となったのが、父より十歳も年下の波留だ。初めて波留に会ったとき、ギャルのような派手な姿に、子ども心に不安になったのを覚えている。この人とやっていけるのかと。

しかし見た目とは裏腹に、波留はさっぱりしたいい人で、朝陽をとてもかわいがってくれた。それから生まれた子どもが、弟や妹たち。つまり朝陽だけ、きょうだいたちと母親が違う。

「あと朝陽くん。これ……」

波留がちょっと気まずそうに手紙を差し出す。

「ポストに届いてたよ」

ちらっと封筒を見た朝陽には、それが誰からの手紙かすぐにわかった。

「……ありがとう」

波留から手紙を受け取ると、差出人の名前も見ず、制服のポケットにぐしゃりと押し込んだ。

「おーい、朝陽ー」

放課後、校舎に響くチャイムの音を聞きながら廊下を歩いていたら、背中に声をかけられた。

振り向くと、保育園からの腐れ縁でバスケ部所属の福沢清史郎《ふくざわせいしろう》が、馴れ馴れしく朝陽の肩に手を回してくる。

にょきにょきとやたら背が伸びた清史郎と、たいして伸びなかった朝陽。こんなことをされると、なんだか子ども扱いされているようで無性に腹が立つ。

「六花ちゃん、受かったんだって？　うちの学校」

あいかわらず清史郎は耳が早い。

「なんで知ってるんだよ？」

「妹の千穂《ちほ》に聞いた」

そういえば清史郎の妹と六花は同い年だったっけ。小学生のころは何度か四人で遊んだこともある。

「よかったなー、病気治って！　春から同じ学校通えるって、千穂も喜んでるよ」

「……そうだな」

だけど六花は、友だちより一学年下になってしまう。高校に通えることはもちろん嬉しいだろうが、そのことについて六花はどう思っているんだろう。いくら病気のせいで仕方なかったとしても、自分だったら元の友だちにはそっとしておいてほしい。

「そして俺も、六花ちゃんの先輩になれるのかー。あっ、そうだ！　六花ちゃん、バスケ部のマネージャーなんてどうだろう？　やってくれないかな？」

「……六花には無理だよ」

清史郎がちょっと顔をしかめ、すぐにまた話しかけてくる。

「朝陽はまた六花ちゃんと一緒に登校するのか？　小学生のときも中学生のときも、そうだったもんな？」

「えっ」

慌てて少し上を見ると、ジャージ姿の清史郎が、なんでもわかっているといった顔つきで笑った。

「あれは……隣の家だからおばさんに頼まれただけだ」

朝陽は中学生のころを思い出す。小学生のときはなにも言われなかったのに、中学生になった途端、ふたりで登校しただけで「付き合っているのか？」とクラスメイトに冷やかされた。

六花はにこにこ笑っているだけで、気にしていないようだったけど。

とはいえ、中学生になってすぐ六花は入院してしまい、ほとんど学校に通えなかったから、一緒に登校したのなんてほんのわずかだった。

「とか言っちゃってー。朝陽は六花ちゃんが心配で心配でしょうがないんだろ？」

朝陽は顔をしかめて、清史郎の手を振り払う。

「六花はみんなと違うんだよ」

「は？　同じだろ？　もう病気治ったんだから」

その言葉が胸に刺さる。

「あんまり過保護にしすぎると、六花ちゃんに嫌われちゃうぞ？」

「うるさい！　お前は早く部活行け！」

「はいはい。六花ちゃんのお兄さま」

靴を履き替え、ひらひら手を振っている清史郎を残して校舎を出る。

風が、ひんやりと冷たかった。昨日降った雪は、もうすっかり路上から消えていた。


学校から駅方面に向かい、踏切を越え、ビルとビルの間の路地を進む。見えてきたのは『カフェ　ナリミヤ』。

ランチタイムは駅前で働く会社員などでそこそこ混み合うが、朝陽がバイトに入る夕方以降は、のんびりコーヒーを飲みにくる常連さんくらいしかいない。

朝陽はレトロなドアを開き、落ち着いた雰囲気の店内に入る。コーヒーの香りが鼻をかすめ、カランカランッと、どこか懐かしいドアベルの音が耳に響く。お客さんと同じように入り口から入ってかまわないと、マスターから言われているのだ。

「あら、朝陽くん！　久しぶり！」

カウンターの奥から声をかけてきたのは、マスターの妻である、成宮響子《きょうこ》だった。シヨートヘアで活発そうな彼女は、朝陽がバイトを始める前は、マスターと一緒に店を切り盛りしていたらしい。

しかし病気を患い入院してからは店で働けなくなり、退院した今も、たまに手伝いに来る程度だ。

「響子さん、久しぶりです……って、えっ！」

見るとカウンター席に座っていたツインテールの客が、くるっと振り向き、朝陽ににっこり笑いかけてきた。

「おかえりー、朝陽！」

「六花！　なにやってんだよ、こんなところで！　ひとりで来たのか？」

「ひとりだよ？　マスターにお礼言いに来ただけだもん」

「おばさんには言ってきたんだろうな？」

「もちろんお母さんには『ナリミヤ』に行ってきますって伝えてきたよ。そしたら響子さんがいたから、久しぶりにおしゃべりしてたの」

響子がふたりを見て、くすくすと笑う。

「朝陽くんは六花ちゃんのことが、心配で仕方ないのね」

また言われてしまった。そんなに過保護に見えるだろうか。いや、少しは自覚しているが……。

朝陽は気まずくなって、カウンターから顔をそむける。

親子ほど年の離れている六花と響子は、入院中に知り合い仲よくなった。

やがて響子が近所でカフェを開いていることを知り、さらに人手が足りないと聞いた六花が、ちょうどバイトを探していた朝陽を紹介してくれたのだ。

響子の病名は知らないが、もう退院しているのだから、きっと六花と同じようにゆっくり自宅で療養中なのだろう。

「今ね、響子さんにも合格祝いのプレゼントもらっちゃったんだ」

「え？」

六花の声にちらっと視線を動かすと、もこもこした真っ白い手袋を両手につけて、朝陽に向かって振っていた。

朝陽の胸がちくっと痛む。ピンクのリボンでラッピングされた袋は、まだスクールバッグの中に入れたままだ。

だけどもう――あれを渡すことはないだろう。

「かわいいでしょ？　この手袋」

「ふうん……よかったな」

「なにそのうっすい反応！　響子さーん、朝陽ってばひどくない？」

大げさに騒ぎ出す六花。

「あらあら、かわいそうに。六花ちゃんは朝陽くんが大好きだもんねぇ？」

その言葉にドキッと心臓が跳ねた。しかし六花はいつもと変わらない調子で答える。

「うん！　朝陽はあたしの『お兄ちゃん』だからね。合格祝いくれない『意地悪なお兄ちゃん』」

「は？　なんだよ、それ。『そのうち』って言っただろ？」

「ほら、そうやってごまかして、ちゃんと約束してくれないじゃん」

「だいたいお祝いってのは、自分からねだるものじゃない」

「あ、話そらした」

朝陽の顔をのぞき込み、いたずらっぽく笑う六花。

「ほんとにふたりとも仲がいいよなぁ」

マスターの声が聞こえ、朝陽は慌てて口を開く。

「べつに……たまたま隣の家だから面倒見てただけです」

六花はそれに反論せず、静かに椅子から立ち上がった。

「じゃああたし、そろそろ帰るね」

「えっ……」

コートを羽織る六花を見て、朝陽は思わず声を上げてしまった。

「ひとりで帰るのか？　おばさんに迎えにきてもらえよ」

急いで駆け寄ると、六花がくすくすと笑う。

「大丈夫だよ、朝陽お兄ちゃん。お仕事頑張ってね」

そう言うと六花は、響子と奥にいたマスターに挨拶をし、白い手袋をつけたままドアを開ける。カランッといつもの音が店内に響く。

「お祝い、ありがとうございました」

「また来てね。六花ちゃん」

「はい。また来ます」

ドアが閉まり、響子に手を振った六花の姿が消える。朝陽は黙って閉じたドアを見つめた。店内が急に静まり返る。

「心配だったら、送ってきてもいいわよ？」

そんな朝陽に声がかかった。振り向くと、カウンターから出てきた響子が、朝陽のそばでにっこり微笑んでいる。

白いシャツに黒いエプロン。最近この姿を見ていなかったが、やっぱりこの人はこの服装が似合っている。

「今日はわたしがいるし。お客さんもこのとおり、誰もいないしね」

たしかに店は閑古鳥が鳴いていた。店員三人も必要ないのは一目瞭然だ。

「いや、でも……」

迷う朝陽に、響子の後ろからマスターが言った。

「行きたかったら行ってあげればいい。行けるときに」

朝陽は戸惑いながらも、そろそろとドアに近づく。

「じゃ、じゃあ、もう外も暗いし……六花を送ったら大至急戻ってきます！　ほんとすみません！」

「どうぞ、ごゆっくり」

「いってらっしゃい」

にこにこと手を振るマスターと響子に背中を向け、朝陽はレトロなドアを思いっきり開いた。


冬の日暮れは早い。外はもう薄暗くなっていた。

人通りの少ない路地を走ると、すぐに六花の姿を見つけることができた。

「いた……」

六花は児童公園のそばで立ち止まっている。滑り台と古いベンチがあり、草木が生い茂っているだけの小さな公園だ。もちろんこの時間、遊んでいる子どもなどいない。

そこで六花は、なにかをじっと見つめていた。

「なに見てるんだ？」

朝陽は首をかしげつつ、様子をうかがう。

静まり返った公園。痛いくらい冷え切った真冬の空気。そこでひとりたたずむ六花。

その横顔は、朝陽の知らない六花のようで……。

またた。

昨日部屋で見たときと同じ視線。なにか強い意志を持っているような……。

叫びたくなるのをこらえて、朝陽はそっと近づき、六花の視線を追いかける。

公園には誰かが作った、ほとんど崩れかけた雪だるまが残っていた。わずかに積もった雪をかき集めて作ったような、泥や枯葉が混じった薄汚れた雪だるまだ。

六花はそれをじっと見ていた。朝陽の知らない表情で。

「……六花」

かけた声が震えていた。きっと寒いからだろう。そうに決まってる。白い息が、冷えた空気の中に浮かんで消える。

六花がゆっくりと顔を向けた。大きく見開いた瞳が、朝陽の姿をとらえる。そして次の瞬間、くしゃっと表情がゆるみ、聞き慣れた六花の声が耳に響いた。

「どうしたのー？　朝陽。なんでこんなところにいるの？」

戻った……いつもの六花に。

朝陽は冷たい手を伸ばすと、手袋のついた六花の手をつかんだ。

そうしていないと、自分の知っている六花がいなくなってしまうような気がしたから。

「送ってくよ。もう暗いし」

「えー、大丈夫だって言ったのに。バイト中でしょ？　サボっていいの？」

「サボりじゃないって。マスターに言ってきたから平気。送ったらすぐ戻る」

手をつかんだまま、一歩踏み出す。六花はその手を見下ろし、口を閉じた。

手袋のついた手から、六花のぬくもりは感じられない。こんなに近くにいても、真っ白なこの手袋が、ふたりの距離を遠ざけているようだ。

歩き慣れた住宅街を、六花の手を引いて歩く。六花はなにもしゃべろうとしない。なんだか照れくさくなり、朝陽も黙ったまま歩いた。

やがて二軒並んだ家が見えてきた。同じような形をした建売住宅。ふたりが生まれる前、お互いの両親がほとんど同時にここへ引っ越してきた。それから朝陽が生まれ、六花が生まれ……ふたりはずっとこの家で暮らしている。

「じゃあ、ここで」

手袋のついた手を、朝陽のほうから離した。頬を薄紅色に染めた六花が、白い息を吐いて朝陽を見上げる。

「うん」

「今日は寄らないから」

なんとなく、バイト帰りに六花の家に寄るのが日課になっていたが、特に頼まれたわけでも、用事があったわけでもない。ただ六花が元気でいるか確認したくて、朝陽が勝手に訪れていただけだ。

それってやっぱり、みんなが言うように過保護だったかもしれない。

だって六花の病気は、もう治ったのだから。

「わかった」

六花は小さくつぶやいてから、いつものようににっこり微笑む。

「送ってくれて、ありがとね。朝陽」

六花が背中を向けて、家の中に入っていく。その姿を見ていたら、なんだか自分だけが取り残されたような気持ちになって、少し寂しくなった。

週末、めずらしくバイトが休みになった。マスターから連絡があり、急用ができたため、今日からしばらく臨時休業にするそうだ。

こういうとき、いつもだったら暇つぶしに六花の家に遊びにいっていたのだが……今日はなんとなく足が躊躇してしまった。

「……たまには勉強でもするか」

ついこの間まで六花の受験問題を一緒に解いてあげていたけど、試験が終わってからは、すっかり勉強から遠ざかってしまっている。でももう高三になるのだし、そろそろ自分の将来もしっかり考えないといけない。

机の上にノートを開く。すると二階にある朝陽の部屋のドアが勢いよく開き、陸と海がバタバタと入り込んできた。

「朝陽兄ちゃん！　今日はどこにも行かないの？　だったら僕とゲームやろう！」

「だめ！　お兄ちゃんはあたしとお絵かきするの！」

あいかわらずこの家は騒がしい。

「お兄たーん、抱っこー」

いつの間にか空まで入ってきていて、朝陽の足元で両手を広げている。

これじゃ勉強どころか、ぼんやり物思いにふけることもできない。

それでも朝陽は、仕事をしながら幼い子どもたちを育てている波留が少しでも楽になればいいと思い、弟や妹の面倒を積極的に見ていた。

「はいはい。わかったから、順番な」

勉強するのを一瞬であきらめて、ノートを閉じる。

「じゃあ僕が一番！」

「ずるいよ、陸ちゃん！　あたしが先！」

「喧嘩するなって」

「お兄たーん、おしっこー」

「わー、ちょっと待て！　トイレまで我慢して！」

喧嘩をしている陸と海をなだめつつ、空を抱き上げ、一階のトイレに連れていく。

「朝陽くーん！　いつも悪いね。子どもたち邪魔だったらあたしに言ってー」

末っ子の宙をおんぶして料理をしている波留が、キッチンから顔をのぞかせて言う。

「いや、全然大丈夫」

このくらいどうってことはない。

幼い弟や妹、それに波留から頼りにされればされるほど、朝陽は居心地がよくなるのだ。

逆に誰からも頼りにされなくなったら――この家に自分の居場所がなくなってしまう。

インターフォンの音が鳴り、波留がバタバタと玄関に出ていく。そして玄関で荷物を受け取ってから「わー！」と、子どもたちにも負けないくらいの騒がしい声を上げた。

「どうしたの？　波留さん」

空をトイレに連れていってから朝陽が聞くと、波留が茶色く染めた頭を抱えながら、叫ぶように言った。

「みかん！　実家からまたみかんが来たの！　まだ一箱残ってるのにー！」

波留の実家はみかん農家で、先週もみかんが送られてきたばかりだ。それなのにまた、荷物が届いたらしい。

「あっ、そうだ！　ねぇ、朝陽くん。これお隣さんに持ってってあげてくれない？」

「え？」

「お隣さん、たしかみかん好きだったよね？　少し届けてあげてよ」

「べつにいいけど……」

六花に会ってしまう。いや、会ってもいいんだけど、病気の治った六花にとって、もう自分が会いにいく理由はないような気がして、気が進まない。

でも――。

この前見た、いつもと違う六花の表情を思い出す。最近の六花は、どこかおかしい気もする。

そう思ったら、一刻も早く六花の顔を見たくなった。やっぱり自分は心配性なのかもしれない。

「じゃあ、持ってくよ」

「ありがとー、朝陽くん。神！」

「えー、僕とゲームはぁ？」

「あたしとお絵かきはぁ？」

「またあとでな」

絡みつく弟と妹を引き離し、朝陽は波留が用意してくれたみかんを持って、隣の家に向かった。

「あら、いらっしゃい、朝陽くん」

「こんにちは」

「今日はバイトお休みなの？」

「はい。これ波留さんから。みかんのおすそ分けです」

「まぁ、嬉しい！　波留さんちのみかん、甘くて美味しいのよね。ありがとう」

みかんを受け取った六花の母が、ふんわりと朝陽に笑いかける。

波留のこと——いや、正確には波留の実家のみかんだが——を褒められて、なんだかこっちまで嬉しくなる。

「六花、居間にいるから。上がってって」

「え、ああ、はい」

ほんの一瞬戸惑ったあと、やっぱり六花のことが気になって、朝陽は「お邪魔します」と言って靴を脱いだ。

「あっ、朝陽ー！」

居間のこたつでは、フリースのパジャマを着てマスクをつけた六花が寝転んでいた。

「六花？　具合悪いの？」

「ううん、もう大丈夫。今朝、ちょっと寒気がしたから、ごろごろしてたの」

もそもそと起き上がった六花に、思わず駆け寄る。

「だったら寝てろよ。俺はもう帰るから」

「えー、大丈夫だよぉ。ほんとに朝陽は心配性だなぁ」

六花がくすくすと笑っている。

でも免疫力が落ちている六花にとっては、風邪だってバカにはできない。もしまた体調を崩して入院にでもなったら……。

幼いころ、お見舞いに来た朝陽が帰るとき、泣くのを我慢しながら小さな手を振っていた六花。遠い記憶が頭をよぎる。

「ほんとに平気だから」

六花の声に顔を向ける。目の前でにっこり微笑む六花は、あのころと違って顔色もいい。

「ね？　だからお茶でも飲んでって？　バイト休みなんでしょ？」

「……うん」

六花が隣の座布団をぽんぽんっと叩いて朝陽に言う。朝陽はその場所ではなく、六花の向かい側に座ってこたつに入った。

小さいころは隣に並んで、体をくっつけ合うようにしてこたつに入ったけれど、さすがにもう狭すぎる。

「じゃあ少しだけ」

「そんなこと言わないでよ。退屈してたんだから」

膨れた六花の顔を見て、なんだか少しホッとした。

よかった。今日はいつもの六花だ。おかしな感じがしたのは、気のせいだったのかもしれない。

「朝陽くん、コーヒーどうぞ」

六花の母がコーヒーを運んできた。犬のイラストが描いてあるマグカップ。子どものころから変わらない、百瀬家の朝陽専用カップだ。

「ありがとうございます」

六花の母もこたつに入り、にこにこ目を細めて朝陽に言う。

「四月から六花のこと、よろしくね。朝陽くんと同じ学校なら心強いわ」

朝陽はマグカップを両手で包んだ。コーヒーのあたたかさがじんわりと伝わってくる。

「ほら、この子、世間知らずなところあるから、ちゃんと学校行けるか心配で」

「なによ、お母さん。あたし学校くらいひとりで行けるよ」

「なに言ってるの。当分朝陽くんに連れてってもらいなさい。ね？　朝陽くん、いいかしら？」

小学校も中学校もそうだった。体の弱い六花を学校まで連れていくのは、隣の家に住んでいる朝陽の役目。それに六花はほとんど中学に通えなかった。久しぶりの通学を、親が心配するのも無理はない。

「はい……大丈夫です」

「できれば時々、学校でも様子を見てもらうと助かるわぁ」

「わかりました」

「お母さん！　朝陽は二学年も上なんだよ？　そんなことできるわけないじゃん」

「でもほら、小学校のときも、朝陽くんになにかと助けてもらったじゃない？　具合悪いのに、あんた先生に言えなくて、先に朝陽くんが気づいてくれたり……」

「あたしもう十六だよ？　小学生のときとは違うの。具合悪ければ誰かに言うし、ひとりで大丈夫だってば！」

文句を言っている六花の前で、コーヒーを飲む。六花の母が作る砂糖とミルクたっぷりのコーヒー。以前は大好きだったこのコーヒーを、甘すぎると感じてしまうのは、自分が変わったからだろうか。

「じゃあ朝陽くん、ゆっくりしてって。おばさんちょっと買い物行ってくるから」

「えっ」

しばらく世間話をしたあと、六花の母がそう言って立ち上がった。

「あっ、じゃあ、俺もそろそろ……」

「いいのよ、六花が退屈してるから相手してやってちょうだい。よかったら夕飯も一緒にどう？」

「いや、それはまたの機会に……」

「そう？　じゃあ、また今度ね」

六花の母がすたすたと居間を出ていき、玄関ドアがバタンと閉まる。途端に部屋が静まり返った。

なんというか、六花の母には全信頼を寄せられているような気がする。というか、まだ自分も子どもだと思われているのかもしれない。

朝陽はちらっと六花を見る。六花は黙ってリモコンでテレビをつけた。そして普段と変わらない調子で文句を言う。

「もう～、お母さんってば、いつまでもあたしのこと、子ども扱いするんだから」

その言葉を聞いて、朝陽はなだめるように言った。

「おばさんは六花のことが心配なんだよ」

「それはわかるけどさぁ……」

「俺から見ればうらやましいよ。ちゃんと子どものこと考えてくれててさ」

六花が口を閉じ、朝陽の顔をじっと見つめた。

まずい。変なこと言っちゃったかも。うらやましい、だなんて。

朝陽は六花から視線をそらし、ごまかすように言う。

「あ、ほら、六花の好きな人、出てるぞ」

部屋の中に、お笑い芸人の声と観客の笑い声が響き渡った。

「おもしろいよな？　この人」

「うん。そうだね」

六花がぽつりとつぶやく。今日はやっぱりなんだか気まずい。

コーヒーを飲もうとしたら、空っぽだった。手持ち無沙汰になって、意味もなくマグカップの犬のイラストを指でこする。

ふいに、テレビの笑い声が消えた。画面を見るとCMに変わっている。

どこまでも広がる真っ白な雪景色。そこにたたずむひとりの少女。バックには白い雪をかぶった山々が連なっている。

最近よく見るチョコレートのCMだ。このあと少女がチョコレートを口にするのだ。

でも朝陽はこのCMがあまり好きではなかった。きっと雪が出てくるからだろう。

そういえばこのチョコレート、六花が食べたいって言っていたっけ。

ふと思い出して六花を見る。六花は食い入るように画面を見つめている。そんなにチョコレートが食いたいか？

　いや、違う。

「六花じゃない……」

　白い景色を見つめる、強い目つき。なにかを決心したかのような――。

　それはさっきまでの六花と、あきらかに違った。

「……行かなきゃ」

「え？」

「早く行かなきゃ」

「行くって……どこにだよ」

　思わずこたつの上に両手をついて、身を乗り出してしまった。

　びくっと体を震わせた六花が、驚いた表情で朝陽を見上げる。

「どこに行くんだよ！」

「え？」

　六花がぱちぱちとまばたきをしている。

　戻った。いつもの六花だ。

「あたし……また変なこと言った？」

「言ったよ。『早く行かなきゃ』って」

「え？　どこに？」

「それはこっちが聞きたい」

首をかしげる六花を見ながら、腰を下ろす。

「六花、最近なんか変だよ」

六花は朝陽の顔を見つめたあと、小さく微笑む。

「だめだなぁ、あたし。また朝陽に心配されてる」

その言葉にハッとする。

「お母さんにもね、言われちゃったの。あたし最近、ぼうっとしてるみたいで。お母さんと話したこと忘れてたり、あたしがしたはずのこと覚えてなかったり……もしかして新しく飲み始めた薬の影響じゃないかって、お医者さんには言われてるんだけど」

六花がため息まじりにつぶやく。

「これからはお母さんにも朝陽にも心配されないよう、しっかりしなくちゃって思うのに……全然だめだ」

テレビの画面は、あたたかそうな部屋で鍋をつつく、缶ビールのＣＭに変わっていた。

朝陽はそっと六花から視線をはずす。

「そんなこと考えてたのか？」

「うん」

六花がちょっと照れくさそうに、結んだ髪をいじりながら言う。

「ねぇ、朝陽？　お母さんはあんなこと言ってたけど、学校はひとりで行けるからね？」

六花の声が胸に染み込む。

「小学生のとき、毎日一緒に並んで歩いてくれて、休み時間にあたしの教室まで様子を見にきてくれて、すごく嬉しかったよ。ありがとうね。でももう大丈夫だから。あたしもそろそろ朝陽から卒業しないと……なーんてね」

朝陽はぐっと息を呑み込んでから、言葉と一緒に吐き出す。

「……そうだな」

六花はもう十六だ。手術して病気もよくなった。もうすぐ高校にも通える。いつまでも病弱で、なにもできなかった子どもじゃない。

「わかった。これからはあんまり口出ししないようにする」

六花の顔がぱっと明るくなる。

「でも無理なときはちゃんと無理って言えよ」

「うん。ありがとうね、朝陽」

六花が朝陽に向かって、無邪気に微笑む。その笑顔を見つめてから、朝陽はこたつから足を出した。

「じゃあ、俺、そろそろ帰るわ」

テレビからは再び、お笑い芸人の声と笑い声が響いていた。

「うん。またね、朝陽」

手を振る六花に、軽く手を振り返す。そしてあたたかい部屋から外へ出た。


「さむっ……」

門から外へ出た途端、冷たい風が頬を叩いた。振り返ると六花の家と、その隣の朝陽の家が並んで見える。

あの家と同じように、六花が朝陽の隣にいるのも当たり前のことで。それはこのままずっと、続いていくのだと思っていた。

何年も何年も、ずっと——。

『あたしもそろそろ朝陽から卒業しないと……なーんてね』

六花の言葉が頭をよぎる。

「卒業か……」

ぽつりと出した声が、白い息とともに消えていく。

「俺も卒業しなきゃいけないのかなぁ……」

幼いころから変わらない、隣同士の家。だけど六花との関係は、少しずつ変わり始めている気がした。

「……はぁ」

放課後の廊下をひとりで歩きながら、朝陽の口から自然とため息がもれた。

先週の土曜日、六花の家で別れたきり、六花には一週間近く会っていない。

六花が手術を受けて退院してから、こんなに会わなかったのは今回が初めてだ。それだけ朝陽にとって、六花に会うのは当たり前のことだった。そして六花に会えないと、なんだかものすごく不安になる。

「はぁ……」

昇降口に到着して、またため息をつく。そんな朝陽の横を、女子グループが楽しそうにおしゃべりしながら追い越していく。

放課後のこの時間、校舎の中はにぎやかだ。部活に行く生徒が慌ただしく廊下を走っていたり、帰宅部の生徒がどこに寄り道して帰ろうか相談していたり。

しかし朝陽は部活に入ったことがない。帰りに遊びに出かける友人もいない。部活をやる時間があったら六花の病院に行ってあげたかったし、バイトをしてお金も稼ぎたかった。だから「友だちのお見舞いに行くから」「バイトがあるから」と、クラスメイトの誘いをやんわりと断っているうちに、誰からも誘われなくなった。もともと大勢でつるむのは苦手だったから、そのほうが都合よかったのだが……。

「あーさひくん！」

靴を履き替えようと手を伸ばしたとき、後ろから声をかけられた。

この騒がしい声は……振り向かなくても誰だかわかる。清史郎だ。

「どうしたんだよ？　ひとりぼっちでため息なんかついちゃって」

「べつに。お前には関係ないだろ」

すると清史郎がにやにや笑って、朝陽の肩に手を回してきた。

「またまたー、なにか悩みがあるなら親友の俺に相談したまえ」

「親友？」

清史郎がうんうんとうなずく。

「俺は朝陽の数少ない、いや、この地球上でたったひとりの友だち、そして親友だろ？」

「俺はお前のこと、親友と思ったことないけどな」

「ひどっ！　俺は保育園のころからぼっちのお前を、砂遊びに誘ってやったり、鬼ごっこに入れてやったりしてたのに！」

大げさに泣きまねをする清史郎。ウザいったらない。

「まぁ、朝陽は、六花ちゃんのことしか頭にないか」

清史郎の声を聞きながら、靴を履き替える。

「べつに六花のことなんかどうでもいいよ」

そうだ。もう六花に口出しはしないと決めたのだ。

「はぁ？　強がり言っちゃって。六花ちゃんかわいいから、高校生になったらきっとモテるぞ？　入学早々、男に声かけられちゃうかも？」

一瞬、朝陽の知らない男と並んで歩く六花の姿を想像する。そんなの今まで考えたこともなかった。しかしすぐに朝陽は、それを振り払うように首を振った。

「まさか。そんなのないない」

「わかんないだろ？　どうする？　そんなことになったら」

「俺には関係ないよ」

「じゃあ俺が声かけてもいいんだな？」

動きを止めて隣を見る。清史郎が白い歯を見せてにやっと笑う。

「男って……お前のことかよ！」

思わず肩にのった手を振り払い、声を上げてしまった。清史郎はやっぱりおかしそうに笑っている。

「まあまあ、落ち着けって、朝陽くん。俺、六花ちゃんのことは、小学生のころから気になってたんだよね。素直でかわいい子だなー、もっと仲よくなりたいなーって」

小学生のころから？　聞いてないぞ？

「で、朝陽くんにお願いなんだけどさ。明日の土曜日、学校の体育館に六花ちゃん連れてきてくれないかな?」

「は?」

「明日俺らバスケ部の試合があるんだ。六花ちゃんに応援してもらえたら、めちゃくちゃ頑張れる気がするんだよね。あと妹の千穂も来るんだけど、六花ちゃんに会いたいって言ってたからさ」

「……六花が来るわけないだろ?」

六花は男友だちとほとんどしゃべったことがないし、昔の友だちに会いたいかどうかもわからない。だいたいバスケになんて、興味がないはずだ。

するとと清史郎が朝陽を見て、口を尖らせた。

「なんで決めつけるんだよ。六花ちゃんに聞いてみないとわかんないだろ?」

ぐっと言葉を呑み込む。

『これからはお母さんにも朝陽にも心配されないよう、しっかりしなくちゃって思うのに……』

六花に言われた言葉が頭をよぎる。

「大事な幼なじみが心配なのはわかるけどさぁ。いつまでも特別扱いしてたら、六花ちゃんがかわいそうだよ」

「なんだよ、それ……わかったようなこと言うな」

「はいはい。六花ちゃんのこと一番わかってるのは朝陽くんでいいから。とにかく明日、連れてきてくれ。千穂も楽しみにしてるんで。よろしく！」

清史郎は朝陽の肩をポンッと軽く叩くと、体育館のほうへ行ってしまった。

「……勝手に決めるなよ」

吐いた息がまたため息となって、ひと気のなくなった昇降口に行き場もなく漂った。

なんとなく浮かない気分のまま、バイト先へ向かう。バイトに行くのは久しぶりだ。ほぼ一週間、マスターは店を休んでいた。

カランッとベルを鳴らし店内に入ると、いつもの蝶ネクタイに黒ベスト姿のマスターが、カウンターの向こうからにこにこと迎えてくれた。

「お疲れー、朝陽くん」

「お疲れさまです」

「急に休んじゃって悪かったね。ちょっとバタバタしちゃって」

「いえ、大丈夫ですけど……なにかあったんですか？」

店内は今日も数人の客しかいなかった。いつもと同じ穏やかな空気に包まれている。

するとマスターが少し困ったように笑ってから、朝陽に言った。

「響子が倒れて……また入院しちゃったんだよね」

「えっ！」

朝陽は慌ててカウンターへ駆け寄る。コーヒーを飲んでいた常連のおじいさんが、驚いた顔でこっちを向く。

「それって、大丈夫なんですか！　店なんて開けてる場合じゃないんじゃないですか！」

「落ち着いて、朝陽くん。今はもう病状も安定してるから、病院にお任せしてるんだ。僕がずっとそばにいてもすることないしね」

「でも……」

「閉店後に様子を見にいくつもり。だから心配しなくても大丈夫だよ」

マスターはそう言って、髭をはやした口元をゆるめるけれど……朝陽は気が気ではなかった。

退院してからの響子はわりと元気そうに見えたのだが……まだ病気は完治していなかったんだろうか。

ふと六花の顔が浮かぶ。

もし六花も再入院することになったら……。

だけどすぐに首を横に振った。

いや、六花は大丈夫だ。手術だってしたし、これからどんどんよくなるんだから。

それでも言葉にならない不安が押し寄せ、気分が悪くなってくる。

「こんにちはー、マスター」

ドアが開き、常連客が数人やってきた。近所のおじさんやおばさんだ。

「やあ、いらっしゃい」

「い、いらっしゃいませ」

マスターに続いて、朝陽も慌てて声をかける。

「ああ、朝陽くんも久しぶり！」

「しばらく休みだったから、心配してたんだよ」

「すみません。今日からまた通常営業に戻りますんで」

「マスターのコーヒーが飲めないと、なんだか落ち着かなくてね」

「いつものやつちょうだい」

「かしこまりました」

マスターたちの会話を聞きながら、朝陽は店の奥で準備する。

マスターだってきっと、心配に決まってる。でもそんなそぶりは見せずに頑張っているんだ。少しでもマスターの力になれるよう、もっともっと頑張らないと。

マスターに必要とされるように――。

朝陽は腰に回したエプロンのひもを、気合を入れるようにキュッと結んだ。

閉店時間になり、これから病院に向かうというマスターと別れ、朝陽は家に向かって歩いた。

冷え切った夜空には、明るい月が輝いている。

いつもの道をぼんやりと歩いているうちに、六花の家が見えてきた。

響子が入院したことを、六花は知っているのだろうか。知ったらきっと、ショックを受けるはずだ。できれば自分の口からは伝えたくない。

門の前に立ち、見慣れた家を見上げる。二階の六花の部屋は、灯りがついていない。

この時間は、いつも部屋にいるのに……どうしたんだろう。

そのときふと、さっき聞いた清史郎の声が頭に響いた。

『大事な幼なじみが心配なのはわかるけどさぁ。いつまでも特別扱いしてたら、六花ちゃんがかわいそうだよ』

「うるさいな。ほっとけよ」

ぼそっとつぶやいて、六花の家を通り過ぎる。そしてオレンジ色の灯りが灯る、自分の家のドアを開いた。

「あっ、朝陽兄ちゃん、帰ってきた！」

「お兄ちゃん、おかえりなさい！」

「おかえりー」

家に入るなり、弟や妹が駆け寄ってくる。いつもの光景に朝陽はどこかホッとする。

「ただいま。陸、海、空」

「今ねー、お姉ちゃんとお絵かきしてたんだー」

「お姉ちゃん？」

首をかしげて散らかったリビングをのぞくと、真ん中に六花がちょこんと座っていた。

そして朝陽に気づくと、にこっと笑って手を振ってくる。

「おかえりー、朝陽！」

「は？　なんでこんなところにいるんだよ！　六花！」

床に散らばったブロックや絵本を片っ端から拾い集めながら、六花に近づく。

「なんでって……この前いただいたみかんのお礼に、お母さんが作った煮物を届けに来たら、みんなが遊んでーって言うから」

「だからお姉ちゃんに遊んでもらったの」

「お姉たん、お絵かき上手ー」

海と空が六花に寄り添って、嬉しそうに笑っている。

「だめだよ、お姉ちゃんを疲れさせちゃ……」

言ってから慌てて口を閉じた。

また余計なことを言ってしまった。口出しはしないようにしようと決めたのに。

するとと六花がくすっと笑って朝陽に言った。

「ほら、あたしひとりっ子だからさ。ずっと妹や弟が欲しいと思ってたんだよねー」

よちよちと近づいてきた宙を、六花は愛おしそうにぎゅっと抱きしめる。

「それにあたし友だちもいないし。だから今日はみんなと遊べて楽しかった！」

そう言って六花が立ち上がる。

「そろそろ帰るね」

「えー、もう帰っちゃうのー？」

「もっと遊ぼうよ」

「また来るからね」

六花がひとりずつ頭をなでて「バイバイ」と手を振る。そしてキッチンにいる波留に「お邪魔しました」と告げてから、朝陽の横を素通りして玄関に向かっていく。

「六花！」

そんな六花を思わず呼び止めた。六花が振り向き、朝陽と目が合う。

六花は「友だち」が欲しいのかもしれない。それが六花の望みだったら――。

「あ、明日！　暇？」

六花が不思議そうに首をかしげる。

「俺の……と、友だちで清史郎ってやつ、覚えてる？　六花とも小学生のとき遊んだことがある、背が高い……」

「ああ、千穂ちゃんのお兄ちゃんでしょ！」

六花の顔がぱっと輝く。

「そう。そいつが明日、うちの学校の体育館でバスケの試合に出るらしくて……で、その試合を……俺と一緒に見にいかないか？」

「え……」

「妹も来るんだって。六花に会いたいってさ」

「行く！」

近づいた六花が、朝陽の腕をぎゅっとつかんだ。思わぬ反応に、朝陽は一歩あとずさる。

「行きたい！　清史郎くんと千穂ちゃんに会いたいし、バスケの試合も見たい！」

「そ、そうか」

子どもみたいに目を輝かせている六花に言う。

「じゃあ、行こうか」

「うん！」

六花が朝陽の前で嬉しそうに微笑む。

こんなに喜ぶとは思わなかった。

幼いころから入退院を繰り返していたせいで、友だちと遊ぶことが少なかった六花。知らない子とはあまり話せず、すぐに朝陽の後ろに隠れてしまうような子だった。

そんな六花だったから、自分がそばにいてあげなきゃって思った。六花だって「朝陽、朝陽」と慕ってくれたし。

でも六花はずっと……朝陽以外の友だちを求めていたのかもしれない。

「ありがとう、朝陽。あたしを誘ってくれて」

その声に、胸の奥がぎゅっと苦しくなる。

「じゃ、じゃあな。ひとりで帰れるよな？」

六花がふふっと笑う。

「帰れるよ、すぐ隣だもん」

「送っていかないからな」

「わかってるってば」

そう言って六花が手を振る。

「じゃあまたね、朝陽。お邪魔しました」

パタンッと閉まるドアを、朝陽は黙って見つめた。

「実はちょっとホッとしてるんだ」

翌日、六花と一緒に学校へ向かった。児童公園や『カフェ　ナリミヤ』の前を通り過ぎ、駅前まで十分、さらに踏切を越えて五分ほど歩くと、朝陽が通っている高校に着く。

朝陽は家から近いという理由だけで、この高校を選んだ。通学時間が短ければ、その分長く六花の病院にいられるし、バイトもできると思ったからだ。

「お母さんの前では、ひとりで学校行けるなんて言っちゃったけど、ほんとは少し心配だったんだよね。だから新学期始まる前に、こうやって朝陽と歩けてよかった」

小さいころから何度も入院していた六花は、退院しても疲れやすくて、倒れてしまうこともよくあった。

だから小学校に行くときや、近所に出かけるときは、必ず朝陽がついていった。

六花は普通じゃない。だから自分がいなくちゃだめなんだって思っていた。

「慣れるまで、通学の練習に付き合ってやってもいいけど？」

「うん。ありがとね、朝陽」

歩き慣れた通学路を、六花に合わせてゆっくりと歩く。六花は通学路を歩けるのがよっぽど嬉しいのか、子どもみたいにきょろきょろあたりを見まわしている。

駅前を行き交う人の流れ、目の前で響く踏切の警報音、学校へと続く街路樹。

春から六花は毎日この道を歩くのだ。そしてたぶん、その隣に自分はいない。六花はもう、付き添いが必要だった体の弱い女の子じゃない。

やがて朝陽にとっては見慣れた校舎が見えてきて、ふたり並んで校門を入った。

清史郎が勝手に決めた待ち合わせ場所は、体育館の入り口だ。グラウンドでは野球部が練習をしていて、校舎からは吹奏楽部の楽器の音色が流れてくる。

そんな光景を横目に、体育館の近くまで来たとき、六花が突然立ち止まった。

「六花？　どうした？」

そしてふらふらと吸い寄せられるように、再び歩き出す。ひと気のない、体育館の裏側のほうへ。そこは雑草が生い茂った、誰も立ち入らない裏庭のような場所だった。

「おいっ、どこ行くんだよ！」

追いかけると、六花はある場所で立ち止まった。この学校の敷地の中で、一番太くて大きな桜の木の下だ。春には満開の桜が美しく咲き誇るが、今はまだ木の枝だけが大きく広がっている。

「どうしたんだよ？　体育館の入り口はあっち……」

声をかけてハッとした。

まただ。

六花の表情がいつもと違う。あの強気な視線で、一本の桜の木を見上げている。

朝陽はごくんと唾を飲んだ。声をかけたいのにかけられない。

やがて六花がつぶやいた。

「……行かなきゃ」

朝陽は一歩六花に近寄ると、思い切って尋ねた。

「行くってどこに？」

「約束の場所」

約束の場所？

「早く行かなきゃ……約束したの、わたし……」

「ちょっと待って！」

耐え切れず、六花の両肩をぐっとつかんだ。目を見開いた六花が朝陽を見つめる。

「約束って……なんなんだよ？」

「え……」

また戻った。いつもの六花に。一体どうなってるんだ？

朝陽はそっと六花の肩から手を離した。六花は少し怯えたような表情をしている。

「朝陽……あたし……」

「六花。今、なんて言ったかわかる？」

六花が朝陽から目をそらし、首を横に振る。

「約束の場所に行かなきゃって、言ってたんだよ」

「約束の場所……？」

「それ、なんなんだよ。誰かと約束してたのか？」

六花の数少ない交友関係で、朝陽の知らないことなどなかったはずなのに。いつの間に知り合いができたんだ？　まだ学校は始まっていないし、ふらふら遊び歩くなんて六花の母親が許すはずない。

困ったように、六花が首を横に振る。

「あたし……そんなこと言ったの？」

「覚えてないのかよ。自分で言ったんだろ？」

「ほんとにわかんないの……」

六花は心から困っているようだ。

やっぱりこれは薬の影響かもしれない。もう一度ちゃんと医者に相談したほうがいい。

「六花。今度病院行ったとき、先生に……」

そのときふたりに声がかかった。

「おーい！　朝陽！　なにやってんだよ、そんなところで」

振り向くと体育館の出入り口のほうで、ジャージ姿の清史郎が手を振っている。そばには妹の千穂もいる。ポニーテールの活発そうな子だ。六花とはタイプが違う。

ちょっと心配になって隣を見ると、ぱあっと表情を明るくした六花が、千穂に向かって手を振った。

「千穂ちゃん！」

「六花！　久しぶり！」

朝陽を残し、六花が千穂に近づき手を取り合う。

「小学生のとき以来？」

「うん。あたし中学はほとんど行けなかったから」

「でももう病気治ったんでしょ？　よかったね！　おんなじ高校になれて嬉しい！」

朝陽はその会話を黙って聞いていた。

六花は本当に嬉しいだろうか。同じ高校と言ったって、学年が違うんだ。みんなに置いていかれたような気になったりしないんだろうか。

「おっ、また過保護の朝陽くんが心配してるぞ？」

いつの間にかそばに来た清史郎が、いつものように朝陽の肩を組む。

「心配なんかしてないって！」

「だったらさぁ、早く俺のこと紹介してよ。ほら、早く、早く！」

ああ、もう本当にウザい。

にやにやしている清史郎を睨みつけてから、朝陽はわざとらしくコホンと咳払いをした。

「えーと、六花。こいつがバスケ部の清史郎だよ」

千穂と手を取り合っていた六花がこちらを振り向く。

「清史郎くん！　覚えてます！　小さいころ遊んだことありますね」

「覚えててくれたの？　六花ちゃん。嬉しいねぇ」

清史郎が六花の前に手を差し出す。

「これからよろしくね。六花ちゃん。わからないことがあったらなんでも聞いてよ。勉強以外なら、なんだって答えてあげるから」

六花はその手を両手で握った。

「はい！　よろしくお願いします！」

「おおっ！　六花ちゃんに両手握手してもらっちゃった！」

さらににやける清史郎を六花から引き離す。

「清史郎、そろそろ体育館行かなくていいのか？」

「ああ、そうだな。じゃあ六花ちゃん、俺頑張るから、応援よろしく！」

「はい！」

清史郎がへらへら笑いながら、立ち去っていく。

「六花。あたしの友だちを紹介するよ。こっち来て」

「うん」

千穂が六花の手を引き走り出そうとする。

「あっ、ちょっ……六花は……」

思わず声をかけると、六花が振り向き朝陽に笑いかけた。それから千穂に向かってはっきり言う。

「千穂ちゃん。あたし、急に走り出したらいけないって言われてるの。ゆっくりでいい？」

「あっ、ごめんね。ゆっくり行こう」

ふたりが歩き出す姿を、黙って見送る。

「そっか……もう自分で言えるよな。子どもじゃないんだし」

女子生徒たちが集まっている場所へ、千穂が六花を連れていく。六花はその輪に加わり、楽しそうに笑っている。

朝陽はそっと目をそらし、枯れた桜の木を見上げた。

この木を見上げて、『早く行かなきゃ』と言った、六花の声を思い出す。

「あとでおばさんに相談してみよう」

冷たい風が吹き、木の枝がどこか寂しげな音を立て、かすかに揺れた。

体育館でバスケ部の試合を見た。六花は千穂やその友だちと一緒になって、キャーキャー騒いでいる。まるでずっと仲がよかった友だち同士のように。

六花は人見知りだったはずなのに、いつからこんなにコミュ力高くなったんだ？

試合の合間には清史郎が駆け寄ってきて、六花に声をかけている。それを見た他の男子部員までも、六花の周りに集まってくる。

六花はかわいい――ほうだと思う。最近は体調もいいようで、いつもにこにこしているし、慣れれば人懐っこいし、素直でひねくれたところがないというか……。

『六花ちゃんかわいいから、高校生になったらきっとモテるぞ？』

清史郎が言ったことは、たぶん合ってる。

知らない男子部員に話しかけられ、それに答える六花。時折ふたりで笑い合ったりして。

朝陽は少し離れた場所から、その姿をぼんやりと見ていた。バスケの試合なんて、もうどうでもよかった。

「俺は……六花の保護者かよ」

楽しそうにはしゃぐ六花の目に、朝陽の姿は完全に入っていないようだった。


結局清史郎たちは、わずかな差で試合に負けてしまった。

「あー、惜しかったねぇ。でもすごかった！　見てて興奮しちゃったもん」

体育館の前で清史郎や千穂と別れ、家へ向かってふたりで歩く。陽が傾き、空気はさらに冷えてきた。

「清史郎くん、かっこよかったね？」

朝陽の顔をのぞき込んでくる六花に答える。

「べつに。たいしたことないよ」

「朝陽、清史郎くんがシュート決めたところとか、ちゃんと見てた？」

「見てない」

「もうー。かっこよかったのにー」

六花が隣で膨れている。朝陽はそんな六花から顔をそむける。

並んで歩くふたりの間に、冷たい風が吹いた。六花が小さく咳をしたのに気がついて、慌てて声をかける。

「寒くないか？」

「うん、大丈夫。でもちょっとだけ……疲れちゃったかな」

そういえば小さいころ、歩けなくなった六花をおんぶして帰ったことがあったっけ。さすがにこの歳になって「おんぶしてやるよ」とは言えないけど。

「具合悪くなったら言えよ。六花がひとりで頑張りたい気持ちはわかるけど、倒れたら意味ないし。俺にできることはなんでもしてやるからさ」

「ありがとう。優しいね、朝陽は」

ちらっと六花のほうを見る。六花は満足そうな表情で前を見ている。朝陽はまた、そっと目をそらす。

踏切を渡って、駅前を通り過ぎた。『カフェ　ナリミヤ』のある路地を歩く。ここにはいくつかの小さな店舗が並んでいる。

「あ……」

ふとつぶやき、六花が立ち止まった。

六花は旅行会社のショーウインドウを見つめている。

朝陽は六花の視線の先を追いかけた。そこには北海道の観光ポスターが貼ってある。

どこまでも続く雪原。雪化粧した山々。青い空と、真っ直ぐ続く誰かの足跡。

朝陽にとっては忌々しく思えるその光景を、六花がじっと見ていた。いや、もうひとりの六花が見ていた。

朝陽は黙って六花の様子をうかがう。きっとまた、おかしなことを口にするのではと思ったからだ。

しかし六花は立ち止まったまま、なにもしゃべろうとしない。

心配になってきて、朝陽から声をかけた。

「六花？　もしかしてこの景色に見覚えがある？」

この前も、雪がどうとか言っていたから。

六花が少し顔をしかめた。

「違う……ここじゃない」

「ここじゃないって……」

朝陽の目に北海道という文字が映る。

「北海道じゃないってこと？」

唾を飲み込んでから、六花に聞く。

『約束の場所』は、北海道じゃないってこと？」

六花が小さくうなずき、はっきりとした声でつぶやいた。

「桜の花」

「え？」

「白い桜の花が咲いてるの」

六花はどこか遠くを見るような目つきで続ける。

「周りも一面真っ白で……山も木も畑も、全部真っ白なの……」

朝陽は自分自身を落ち着かせるように息を吐いてから、思い切って尋ねた。

「き、君は……六花じゃないのか？」

六花が目の前でうなずく。

「うん。わたしは希美《のぞみ》」

「希美って……誰？」

すると六花……いや、希美が、すっと左胸に手を当てた。

六花の、心臓のあたりに。

「わたしは……ここにいるの」

朝陽は目を見開く。

「え……それって、まさか……」

希美は穏やかな表情で、黙ってうなずいた。

まさか。ありえない。そんなこと。

朝陽は一年前を思い出す。六花が心臓移植手術した日を――。

「わたし、行かなきゃいけないところがあるんだ」

呆然とする朝陽に、希美が笑いかける。

「だからね、朝陽くんに連れてってほしいの。わたしが行きたい『約束の場所』へ」

「つ、連れていくって……」

戸惑う朝陽の前で、希美がにやっと笑う。

「わたしね、その場所に行かなきゃいけないってのは思い出したのに、それがどこなのか、肝心なところを思い出せないんだよね」

希美がずいっと顔を近づけてきて、朝陽は一歩あとずさる。

「だから朝陽くんに協力してほしいの。まずはその場所を見つけるために。こんなこと頼めるの、他にいないでしょ？」

朝陽は黙り込んだ。今、朝陽の目の前でお願いしてくるのは、六花だけど六花じゃなくて……。

「言ったよね？　さっき。『俺にできることはなんでもしてやる』って」

「言ったけど……。じゃ、じゃあ、今、六花はどこにいるんだよ！　どこに行っちゃったんだよ！」

「心配しないで。ちょっと体を借りてるだけだから。それにわたし、願いが叶ったらたぶん消えるよ」

希美は朝陽から視線をそらし、遠くを見つめる。朝陽が見たことのない、どこか切ない表情で。

でもすぐに視線を戻し、朝陽に向かってぱちんっと両手を合わせる。

「だからお願い！　わたしの願いを叶えて。ね？　朝陽くん」

希美が、大きな瞳で朝陽を見つめた。その視線から、なぜか顔をそむけることができない。

だって目の前に見えるのは、朝陽のよく知っている六花の顔で。だけどあんな悲しそうな表情は、見たことなくて。そんな顔を見てしまったあとに、こんなふうに頼りにされたら、断れるはずないじゃないか。

朝陽はとうとう、うなずいてしまった。

「……わかった」

「やったー！　ありがとう！　朝陽くん！」

希美が朝陽の両手をぎゅっと握った。柔らかくてあたたかい希美……いや、六花のぬくもりを感じ、朝陽は慌てて振り払う。

「そ、そういうことするな！」

「あ、もしかして照れてる？　かわいいねぇ、朝陽くんは」

「バ、バカにするなよ！」

「あ、一応言っとくけど、わたし朝陽くんよりふたつ年上のお姉さんなんで」

そばを歩いている通行人がふたりを見て笑っている。

朝陽は希美から顔をそむけて、さっさと歩き出す。

「ちょっと待ってよ、朝陽くん！」

希美は朝陽を追いかけて、隣に並んだ。朝陽は前を見たまま、口を開く。

「いろいろ聞きたいことはあるんですけど……今、六花はどうなってるんですか？」

「たぶん眠ってる状態だと思う。わたしが出ている間の記憶は、六花ちゃんにはない」

だから六花は、最近思い出せないことがあったのか。

「それって希美さんがコントロールしてるんですか？」

「ううん。ふとした瞬間に入れ替わっちゃうんだよね。わたしにもわからない」

「じゃあ、おばさんたちの前で、突然六花が希美さんになっちゃったら……」

「大丈夫。そのへんは六花ちゃんになりきって、上手くやってるから。わたし、高校では演劇部だったんだ。演技は任せてよ」

そう言って希美は胸を張るが、大丈夫なのだろうか。

「でもまぁ、朝陽くんにもフォローしてほしいな。朝陽くんは六花ちゃんのこと、誰よりも知ってるんでしょう？」

希美に顔をのぞき込まれ、朝陽は慌てて視線をそらす。

「と、とりあえず、その『約束の場所』について、今わかってること教えてください」

「そうだなぁ。桜の木があるんだよね」

「桜の木？」

そういえばさっきも、桜の木を見上げていたっけ。

「雪景色の中で、白い花を咲かせる桜の木」

「冬に桜は咲かないでしょ？」

「でも咲いてるの。すごく綺麗なんだ。わたしのお気に入りの場所」

そこで一旦言葉を切ってから、希美はつぶやく。

「そこで彼が……わたしを待ってるの」

朝陽はちらっと希美の横顔を見た。

「彼?」

希美はしばらく黙り込んだあと、静かに目を伏せて答えた。

「わたしの……とても大切な人」

大切な人……。

その言葉が、朝陽の胸に染み込む。

「それじゃ、朝陽くん。今日はこれで」

やがてふたりの家が見えてきて、希美が立ち止まる。

「あ、それからこのことは、六花ちゃんには秘密ね」

「秘密?」

「だって自分の体が、勝手に使われてるなんて知ったら……やっぱり嫌でしょ?」

「そうだけど……」

「安心して。六花ちゃんの体は大事に使うし……最後にはちゃんと返すから」

希美はそう言うと、芝居じみたしぐさで、朝陽に向かって敬礼した。

「では、また会おう! 朝陽くん!」

希美がにかっと笑って、六花の家に入っていく。「ただいまぁ!」なんて、六花らしくない大声を上げて。

朝陽はその背中を見送りながら、希美の言った言葉を繰り返す。

「……最後って」

あまりにも重い言葉を、どうしてあんなに明るく言えるんだろう。

自分が六花の中にいると気づいたとき、絶望的な気持ちになったはずなのに。

今だってきっと、複雑な想いを抱えているはずなのに。

どうしてあんなふうに笑っていられるんだろう。

そのときふと、ポストからはみ出ている封筒に気づいた。

少しためらったあと、思い切ってそれを引き出す。見たくもないのに、差出人の名前が見えてしまった。

【飯田早智子《いいださちこ》】

なんとも言えない想いがこみ上げてきて、朝陽はその手紙をぐしゃっと握りつぶした。

第二章　必要とされたくて

「こんばんは……」

週明けのバイトが休みの日。朝陽は学校帰りに六花の家に寄った。

いつものように六花の母に迎えられ、階段を上り、六花の部屋の前で立ち止まる。

「り、六花？　入っていいか？」

「うん……いいよ」

ドアを開けると、六花がベッドに座ってうつむいていた。朝陽はごくんと唾を飲む。

今、目の前にいるのは、本物の六花なのだろうか？　それとも希美なのだろうか？

「六花……？」

おそるおそる名前を呼んでみた。六花が静かに顔を上げる。

その顔は、朝陽の知っている六花に間違いなかった。

「具合悪いの？」

六花は無理やり作ったような笑顔を見せて、首を横に振る。

「ううん、体調は悪くないよ」

そう言うと、またすぐにうつむいてしまった。

「どうかしたのか？」

近寄って、六花のそばにしゃがみ様子をうかがう。六花は戸惑うように視線を彷徨わせてから、朝陽の顔を見て口を開いた。

「響子さんが……入院してるって……」

「ああ……」

聞いちゃったのか。

「さっき響子さんに会いたくて『ナリミヤ』に言ったらマスターが……」

「大丈夫だよ」

朝陽は励ますように言った。

「きっとすぐによくなるよ。六花みたいに」

しかし六花がうなずくことはなかった。代わりに消え入りそうな声でつぶやく。

「響子さんの病気ね……あたしと同じ心臓の病気なんだ」

六花は左胸に手を当てる。

「一緒に入院してたところ、余命宣告されちゃったんだって教えてくれたの。退院したのも、病気が治ったからじゃないんだ」

「余命宣告……」

知らなかった。六花と同じように、病気がよくなって退院したのだとばかり思っていた。

「どうしよう……朝陽」

顔を上げた六花が、朝陽の制服の袖をぎゅっとつかむ。

「どうしよう、響子さんがいなくなっちゃったら……」

「そんなことあるわけないだろ」

口にして、虚しくなった。

余命宣告と聞いて、朝陽だって響子がいなくなることを想像してしまったから。

六花の手が震えている。入院生活が長く、自分自身も生死の境を彷徨った六花は、きっと朝陽よりもずっと「死」というものに敏感なのかもしれない。

そう思ったら自分が口にする慰めの言葉なんて、本当に薄っぺらくて、なんの役にも立たないような気がした。

朝陽は冷たい手で、六花の震える手を握った。六花の手はあたたかかった。

小さいころはよくこうやって、泣きじゃくる六花の手を握ってあげた。六花がまた笑ってくれればいいと思って。

どうか六花が泣き止みますように。六花の心が、少しでも落ち着きますように。

あのころを思い出しながら、朝陽は願う。

六花がもう片方の手で、目元を拭った。そして朝陽を見て、小さく微笑む。

「ありがと、朝陽」

六花の手はまだ震えている。

「また頼っちゃったなぁ、あたし。朝陽のこと」

朝陽は黙って首を振る。六花の目には涙が光っている。

「そうだね、あたしが泣いてちゃだめだよね。もっともっと強くなろうって、決めたんだから」

六花が小さく微笑む。

「あとで響子さんにメッセージ送ってみる。いつもみたいに」

「そうだな」

「きっとまた会えるよね？」

朝陽は一瞬躊躇してから、はっきりと口にした。

「また会えるよ。必ず響子さんに」

すると六花がにっこり笑って、朝陽に言った。

「朝陽くんは優しいね？」

「え？」

「本当にいいお兄ちゃんだね？」

朝陽は握りしめている六花の手を見た。それは六花の手なんだけど……なにかが違う。

まさか——慌ててパッとその手を離した。

「もしかして……希美さん？」

「あたり！」

希美がいたずらっぽく舌を出す。

「い、いつから！」

「今からだよ。大丈夫。朝陽くんと六花ちゃんの邪魔はしないから」

「してるでしょ！　もう十分！」

希美があははっと笑って、朝陽に言う。

「ごめんね。でも六花ちゃんは大丈夫だから。わたしのこと信じてよ」

朝陽は大きくため息をつくと、スマホに雪景色の画像を開き希美に見せた。

「この中に、希美さんの『約束の場所』はありますか？」

希美は雪景色の中で、桜が咲いていると言っていた。画面には、季節外れの雪の中、桜が咲いている風景が並んでいる。

「わぁ！　調べてくれたんだ！　さすが、朝陽くん！」

希美は朝陽のスマホをのぞき込んでから、「うーん」とうなる。

「どれもすごく綺麗だけど……なんか違う気がする。こういう桜並木じゃないの。一本だけ立っている桜の木なんだ」

希美が桜並木の画像を指さして言う。

「一本だけ?」

「うん。朝陽くんの学校にあったみたいな、大きな木が一本だけ」

【雪　一本桜】で検索してみる。

出てきた画像は、どこまでも続く雪原に、ぽつんと一本だけ立っている桜の木。

「これは?」

「うーん」

「こんなのは?」

画面をスワイプしていくと、希美が「待って」と朝陽の手を止めた。

「これ……」

希美が指さしたのは、花が咲いている木ではなく、雪の積もった桜の木だった。たしかに白い花が咲いているように見える。

「これが近いかも。真っ白な花が咲いてる……」

「白い花って雪のことだったのか」

だから雪景色の中に桜が咲いているって言ったのだ。

「これ、東北の景色みたいだな」

「東北……」

　希美はなんだかピンと来ないようだった。

「なんだかここじゃないような気がする……」

「でも雪の多いところって言ったら、北海道か東北か、あとは……新潟とか？」

　少ない知識で想像してみる。もちろん朝陽も行ったことはなく、詳しくもない。

　しかし希美はやはりピンと来てないようだ。

「他に頭に浮かぶのってどんな景色ですか？」

「えっと……白くて高い山が遠くに見えるの。近くに川が流れてる。すごく水が綺麗なの。雪解け水ってやつね。桜の木があるのは丘みたいなちょっと高いところで、下にバス停があるの。小屋みたいな、小さい待合所も」

「地方ののどかな田舎町って感じだな……」

「うん、そう！　すっごい田舎なんだよね。ここから見える景色とは全然違う」

　希美が窓の外に、ふっと視線を向けた。同じような住宅がぎっしりと建ち並び、遠くには高いビルが見える。

　朝陽や六花にとっては見慣れた景色だが、希美にとっては違うのだろう。

　朝陽は希美の口にした風景を、スマホのメモに入力した。家に帰ったら検索して、それらしき場所をピックアップしてみよう。

それを見た希美がぽつりと口にする。

「やっぱり朝陽くんは頼りになるね」

「えっ」

顔を上げると、希美が嬉しそうに微笑んだ。

「ありがとう。わたしのために、いろいろしてくれて」

朝陽は気まずくなって、顔をそむける。

「六花ー、朝陽くーん！　ご飯できたわよー」

下の階から六花の母親の声が響いた。今日は一緒にご飯を食べていくよう、さっき誘われたのだ。

「あ、呼ばれちゃった」

「じゃあまたなにか思い出したら、俺に教えてください」

「了解！」

朝陽の前で、希美がぐっと親指を立てる。

「ではこれから六花ちゃんを演じるから。朝陽くん、フォローよろしく！」

「え、ちょっと……」

希美が張り切って部屋を出ていく。

「希美さん、絶対楽しんでるだろ……」

つぶやいた朝陽が希美の後を追った。

食事を終えて隣の家に帰ると、いつも以上に家が騒がしかった。玄関にはいくつもの小さい靴と一緒に、男物の革靴が並んでいる。

「あっ、朝陽兄ちゃん、帰ってきたー！」

「早く早くー！　パパがいるよー」

陸と海に両手を引っ張られリビングに行くと、久しぶりに会う父がにこにこしながら、空と宙を抱いて座っていた。

普段は立派な会社で、ビシッとしたスーツを着て、それなりの地位について働いているらしい父。でも家で見る父は、着古したトレーナーにジャージのズボンをはいてビールを飲んでいる、ただの陽気なおじさんだ。

「おう、朝陽！　おかえり！」

「ああ、父さん、帰ってたのか」

「ひどいなー、久しぶりの父子《おやこ》の再会なのに、その言い方はないだろー？」

父が大げさに泣きまねをする。なんだかこのノリ、清史郎にそっくりだな。

「パパー、大丈夫？」

空が心配そうに父の頭をなでている。

「大丈夫だよ、ちょっと朝陽兄ちゃんに意地悪されてな」

「パパ、かわいそう。泣かないで」

「空は優しいなぁ」

あいかわらずめんどくさい人だ。朝陽はあきれて、ため息をつく。

父は海外出張が多く、長いときはしばらく帰ってこない。その間、子どもたちの面倒を見るのは波留ひとりだ。しかし波留の口から、父の愚痴を聞いたことはない。

家事は大雑把だし、見た目はちょっと派手だが、波留は子どものことをすごく大事にしている、いい母親だと朝陽は思っている。

それに比べて父は、悪い人ではないのだが、どこか子どもっぽいところもあって心配になる。いつか波留に見捨てられなきゃいいんだけど。

「朝陽くん、これからみんなでご飯なんだけど……」

「あっ、俺、六花んちで食べてきちゃったんだ」

「そうなんだ。パパ帰ってきたのに残念！」

「ごめんなさい。連絡しないで」

波留に謝ってから、ちらっと父の顔を見る。父はなにか言いたそうに、朝陽のことを見ている。

「ちょっと着替えてくる」

その視線から逃げるように、朝陽はリビングを飛び出した。

「はぁ……」

自分の部屋に駆け込むと、自然とため息がもれた。

下の部屋からは、弟や妹たちのはしゃぎ声が聞こえてくる。久しぶりに父親に会えて、嬉しいのだろう。いつも以上に騒がしい。

朝陽は何気なく、机の引き出しを開けてみた。そこに入っているのは、開封していない何通もの手紙。

朝陽を産んでくれた母親【飯田早智子】からの手紙だ。

「おーい、朝陽。入ってもいいか？」

突然父の声が聞こえて、朝陽は慌てて引き出しを閉めた。

「な、なに？」

「いや、久しぶりに父子の会話をしたくてな」

ドアを開けた父がハハッと笑って、部屋にずかずかと入ってくる。朝陽は引き出しを押さえたまま、父に振り返る。

「父さんがいない間、陸たちの面倒、たくさん見てくれたんだってな？　波留さんが喜んでたよ。すごく助かってるって」

「べつに……当たり前のことしてるだけだよ」

「そうか」

父は少し笑うとベッドに腰かけ、朝陽を見上げた。

なんでもわかっているようなその視線に、朝陽は気まずくなって目をそらす。

「なぁ、朝陽。無理だけはするなよ？」

「え？」

「ここはお前の家なんだし、無理しなくていいからな？」

「父さんは俺が、無理して陸たちの面倒見てると思ってるの？」

父はなにも言わず、また微笑む。

下の部屋から、弟や妹が大声で歌を歌っている声が聞こえる。バタバタ走り回る足音も響いている。

「母さんにも」

その声にビクッとする。父の言う「母さん」が、朝陽の産みの母親、早智子のことだとわかるからだ。

「会いたいと思ったら、会いにいってもいいんだからな？」

「……なに言ってんの？」

「手紙、届いてるんだろ？」

朝陽は引き出しに触れている手に、力を込める。

「届いてるけど、読んでない。封も開けないで……破いて捨ててる」

父が目を細めて朝陽を見た。そして穏やかな声でつぶやく。

「そうか」

朝陽はまた視線をそらした。なぜだか真っ直ぐ、父の顔が見られなかった。

「でも朝陽にとって、母さんは母さんだから」

「なんでそんなこと言うんだよ」

足元を見つめたまま、吐き捨てるようにそう言った。

「あんな人、母さんだなんて思ってない。子どもを捨てた人だろ？」

自分の声が頭の中で跳ね返り、痛みに変わる。

父は立ち上がると、朝陽の頭にぽんっと優しく手をのせた。

「ごめんな、朝陽」

「なんで父さんが謝るんだよ」

父と離婚した母は、まだ小学生だった朝陽を置いて家を出ていった。

「そうなったのには、父さんにも責任がある」

「今さらそんなこと言っても、どうにもならないじゃん。もういいから下行ってよ」

朝陽の声に父は「わかった」とうなずき、付け足した。

「でもな、朝陽。たまには父さんや波留さんに、わがまま言ったり甘えたりしてもいいんだからな。お前はまだ子どもなんだから」

「俺はもう十七だよ。子どもじゃない」

「まだまだ子どもだよ。父さんにとっては」

父はもう一度朝陽に笑いかけると「下におみやげあるからな」と言い残し、部屋を出ていった。

「……なんだよ」

急に静まり返った部屋で、朝陽はつぶやく。

「なんで今さらそんなこと言うんだよ」

後ろを振り向くと、手で押さえたままの引き出しが見えた。

朝陽はそれを開き、目についた封筒をひったくるように手に取る。そしてそれを両手に持ち、勢いよく破こうとして――やめた。

破くことなんて、できなかったのだ。

「……なんで」

力が抜けて、封筒を持ったままその場に座り込む。

『ねぇ、なんでお母さんはいなくなっちゃったの？』

幼いころ、何度も何度も父に尋ねた言葉。

『なんでお母さんは僕を置いていなくなっちゃったの？』

そのたびに、悲しそうな顔をしていた父。

『お母さんは僕のこといらなくなっちゃったの？』

『そんなことないよ、朝陽』

父はそう言って抱きしめてくれたけど。

朝陽の心からは『母に捨てられた』という思いが、どうしても消えなかった。いつまでも汚らしく残っている、路肩の雪みたいに。

次は父に捨てられたらどうしよう。新しい母に「あんたなんかいらない」って言われたらどうしよう。

役に立たなくちゃ。お手伝いをちゃんとして、弟や妹の面倒を見て、この家の一員として認められないと、また捨てられてしまう。

自分を頼ってくれた幼なじみの六花にも、いつまでも「お兄ちゃん」でいられるよう必死だった。

『ありがとう。わたしのために、いろいろしてくれて』

違うんだよ。六花を助けるのも、希美を助けるのも、自分のためなんだ。

誰かに必要とされたいから。そうしないと不安になるから。

自分が満足するために、いい人ぶってるだけなんだ。

膝を抱えて背中を丸め、頭を押しつける。

下の部屋から聞こえる家族の笑い声。この部屋でそれを聞いていると、自分だけが取り残されている気分になる。

「……もう誰からも捨てられたくない」

捨てられるのが、ただただ怖いんだ。


「六花、入っていいか？」

「いいよー」

バイト帰り、いつものようにドアをノックしてから、六花の部屋に入る。

「朝陽！　おかえりー！」

お気に入りの部屋着を着た六花が、朝陽にパタパタと駆け寄ってきた。

そして大きな瞳で朝陽を見上げると、ちょっと首をかしげ、わざとらしくパチパチとまばたきをする。

朝陽はその顔をじっと見つめて、口を開いた。

「希美さんでしょ」

六花……いや、希美が顔をしかめる。

「なんでわかるのよー」

「わかりますって」

「朝陽くんは本当に六花ちゃんのことよく見てたんだね」

「えっ、いや、べつにそういうわけじゃ……希美さんの演技が下手すぎるんです」

「ひどーい、これでも将来の夢は俳優だったんだからね！　あー、朝陽くんにも見てもらいたかったなぁ。わたしがテレビや映画で華々しく活躍するところ」

だけどその夢はもう叶わない。

なんだか切ない気持ちになって、朝陽は話をそらすように希美に言った。

「それより、なにか思い出しました？」

「うーん、なにも」

希美は両手を天井に向け伸びをする。

希美が住んでいたのは、山合いの小さな田舎町。大きな桜の木が一本立っている。

でもそれだけではとても場所を特定できない。

「あ……」

ふと希美の視線が朝陽の制服で止まった。

「なに？」

「その制服……」

「これがどうかしました？」

朝陽の学校は詰襟の学生服だ。

「同じだ」

「同じ？」

「彼と同じ。わたしはそんな制服を着ていた彼と、同じ高校に通ってたの」

通っていた高校がわかれば場所も特定しやすいが……残念なことに、このような制服はどこにでもある。

頭を抱えた朝陽を、希美がじっと見た。そしてぽつりとつぶやく。

「どうして忘れちゃったんだろうね、わたし。一番大事なことを」

朝陽は希美の顔を見る。希美は少し寂しそうに微笑む。

「わたし彼に、大切なことを伝えたかったの。それなのに……」

希美の声が、静かな部屋の中に響く。

「もしかしてもう、会いにいくなってことなのかな。彼だって、約束を破ったわたしなんかに会いたくないかもしれないし……」

「そんなことないよ！」

思わず声を上げてしまった。

「……大切なこと、伝えたいんでしょ？」

希美はじっと朝陽の顔を見つめてから、静かに言った。

「うん。そうだね。せっかく与えられた奇跡だもんね」

そして右手をそっと、左胸に当てる。

「こんなふうに六花ちゃんの体を使わせてもらってるんだもん。ちゃんとやるべきことをやらないと、神さまに叱られちゃうね」

朝陽はなにも言えなくなった。

たしかに六花の体を勝手に使っているけど、希美だってこうなりたくてなったわけじゃない。

「朝陽くん、ありがとね！」

「俺はまだなにも……」

戸惑いながらも答える朝陽の前で、希美がいつものように明るく笑った。

数日後、冷たい雨が降り続いている中、朝陽が震えながらバイトに行くと、カウンター席に六花が座っていた。

「あっ！　おかえりー！　朝陽！」

朝陽は思わず顔をしかめる。こんな寒い日に、なんでいるんだ。

「お疲れさま。朝陽くん」

「お疲れさまです」

にこにこしているマスターに挨拶をし、カウンターに近づき、六花の顔をじっと見る。

「え、どうしたの？　朝陽。なんか怖いよー」

そう言って苦笑いするのは、六花じゃない。希美だ。

朝陽はますます顔をしかめた。

「なにしに来たんだよ」

つい冷たく言ってしまったら、希美の代わりにマスターが答えた。

「六花ちゃんがね、話し相手になってくれたんだ。ほら、響子が入院していて、僕が寂しいだろうからって」

マスターはそう言って微笑む。

「そうなの、マスターの話し相手に来たんだ。だってほら、この店いっつも暇そうだし！」

「のぞ……いや、六花！　そういうこと言うなよ」

思わず声を上げたら、マスターが明るく笑った。

「いいんだよ、朝陽くん。六花ちゃんが言うとおり、今日はお客さんもいないし、朝陽くんも座ったら？」

たしかに店内はガランとしていた。雨のせいか、常連客も今日は来ていないようだ。

「今、コーヒー淹れるから」

「……ありがとうございます」

マスターに言われるまま、カウンター席に座る。店に客がいないとき、マスターはこうやって朝陽にコーヒーを勧めてくれるのだ。

マスターが背中を向けた途端、朝陽は希美の耳元でささやいた。

「勝手なことしないでください」

「なによー、ちょっとくらいいいでしょ？」

「よくないです。こんな寒くて雨が降ってる日に出歩いて。六花が風邪でもひいたらどうするんですか！」

「まったく、朝陽くんは過保護なんだから。家にいてもなにも思い出さないしさ。誰かと話せば、なにかヒントがあるかもって思ったんだもん」

希美がふてくされた顔で続ける。

「それに朝陽くん、いつもバイト頑張ってるから、激励にね」

「そんなのいりませんって」

くすっと笑った希美が、朝陽に聞いてきた。

「ねぇ、朝陽くんって、すっごくバイト代貯め込んでるみたいだけど、なにか欲しいものでもあるの？」

朝陽はマスターの背中を見つめたまま、小声で答える。

「俺、あの家、出たいと思って……」

「え？」

「高校卒業したら、ひとりで暮らそうかな、なんて」

希美が真剣な表情で朝陽を見ている。朝陽はわざと明るく言った。

「俺って、きょうだいとは血がつながってないんですよ。今のお母さんは父さんの再婚相手だし。だからなんとなくあの家はいづらいっていうか、見えない壁みたいなのを感じて
て……あ、でもみんなすごくいい人なんですけど」

こんなことを誰かに話したのは初めてだった。もちろん六花にも話していない。

「いい人なら、いればいいじゃん」

希美が言った。

「壁を感じてるのは、朝陽くんだけかもしれないよ？」

穏やかに微笑む希美。その顔は六花なのに、顔も知らない希美という人に、優しく言い聞かされているような気がした。

「さ、ではそろそろ帰りますか！」

「え、帰るんですか？」

「雨の日に出歩くなって言ったのは朝陽くんでしょ？」

慌てる朝陽を見て、希美はにっと笑うと、席を立った。

「じゃあ、マスター。また遊びに来ますね」

「あれ、六花ちゃん。もう帰るのかい？」

「はい。過保護なお兄ちゃんが、帰れ帰れってうるさいんで」

そしてもう一度笑ったあと、朝陽に敬礼ポーズをした。

「では、朝陽くん。また会おう！」

顔をしかめた朝陽を残し、希美はご機嫌な様子で店を出ていった。


「今日は送らなくていいのかい？」

マスターがコーヒーを差し出しながら言った。

希美なら心配ないだろう。って、でも、体は六花なわけだし。やっぱり送っていったほうがよかっただろうか。

「大丈夫です」

ひとりで悩みながら、朝陽は「いただきます」とマスターのコーヒーを口にする。

マスターの淹れてくれたコーヒーは砂糖なしのブラックだ。

ここで働くようになってから、大人ぶって砂糖もミルクも入れないで飲むようになった。

最初は苦いと思ったけれど、単に飲み慣れてしまったのか、それともちょっとだけ大人になったのか、最近は美味しいと感じるようになっていた。

「六花ちゃん、変わったよね」

朝陽のコーヒーを飲む手が止まる。

「ずいぶん物怖じしなくなったっていうか……六花ちゃんって、あんなにハキハキしゃべれたんだね」

演劇部だって言ったくせに。全然六花になりきれていないじゃないか。

「だけどすごく楽しかったよ。六花ちゃんとこんなにじっくり話したのは初めてだ」

朝陽はカップを置くと、思い切って口を開いた。

「あの……これから変なこと言います」

マスターが首をかしげて朝陽を見る。

「今日の六花は……六花じゃないんです」

「え？」

「六花の中には希美さんっていうもうひとりの人物がいて……その人はその……六花に心臓を提供してくれた人なんです」

朝陽はマスターの顔を見る。マスターはなにも言わない。

こんな話をするつもりはなかった。信じてもらえないと思っていたし、できれば秘密にしていたかった。

でも『約束の場所』はなかなか見つからないし、もしなにかヒントをもらえるのなら、誰かにすがりつきたかったのだ。

しばらく黙り込んだあと、マスターがぽつりと口にした。

「じゃあさっき僕と話したのは……六花ちゃんじゃなかったってこと？」

「……はい」

自分の心臓の動きが、速くなるのを感じる。

「……記憶転移」

マスターが顎に手を当て、首をかしげた。

「記憶転移？」

「臓器提供者の記憶が、提供を受けた人に受け継がれてしまうことらしいよ」

「じゃ、じゃあ……」

朝陽は身を乗り出してマスターに聞いた。

「その提供者が、提供を受けた人に乗り移るってこともありえますか？」

マスターは黙って朝陽を見た。そして静かに口を開く。

「聞いたことはないけど……ありえないことはないかもしれないね。ドナーの想いが強すぎて、六花ちゃんの中からあふれ出てきてしまったのかも」

「そう！　それなんです！　希美さんにはどうしても行きたい場所があって……でもその場所を思い出せなくて。だからそこへ行けるまでの間、六花の体を借りたいって言って、時々入れ替わっているんです」

マスターがじっと朝陽を見ている。朝陽はおそるおそるつぶやいた。

「信じて……もらえますか？」

するとマスターが答えた。

「ああ、信じるよ。僕は奇跡を信じるたちなんでね」

朝陽はほっと胸をなで下ろす。

「その彼女は、どうしてそこへ行きたいのかな？」

「希美さんには、どうしても会いたい人がいるそうなんです」

「なるほど。きっとその人への強い想いがこんな奇跡を起こしたんだろうね」

うなずいた朝陽にマスターが言った。

「でもその人と会えたあと、彼女はどうなるんだろう？」

「それは……」

朝陽は膝の上でぎゅっと両手を握りしめる。

遠くを見つめていた、希美の寂しそうな表情。「最後」と言った、明るい声。

希美にいなくなってほしくないという気持ちと、六花に元に戻ってほしいという気持ちが、朝陽の中で混乱していた。

なにも言えなくなってしまった朝陽の前で、マスターが優しく微笑む。

「まぁそれは、実現させてみないとわからないね。でも大丈夫だよ」

ゆっくりと顔を上げて、マスターを見る。

「大丈夫だよ、朝陽くん」

そのひと言が、朝陽の胸にじんわりと染み込んだ。

もしかしてずっと、誰かにそう言ってもらいたかったのかもしれない。

「なにか僕にできることがあれば協力するよ」

「ありがとうございます。じゃあ今度、相談に乗ってください」

「うん。会えるといいね、その人に」

よかった。マスターに話してよかった。やっぱりマスターは朝陽にとって、誰よりも頼りになる大人だ。

カランッとドアベルの音が聞こえた。

「いらっしゃいませ」

マスターの声が聞こえて、朝陽も立ち上がり声を出す。

「いらっしゃいませ！」

ドアの外はまだ、冷たい雨が降り続いていた。


「あれ……雪？」

その日、バイトが終わって外へ出ると、白いものが空からちらちらと舞い落ちてきた。朝から降り続いていた雨が、夜になって雪に変わったのだろう。

手を伸ばすと細かな雪が、手のひらに落ち、あっという間に消えていく。

朝陽はちょっと顔をしかめた。希美と一緒にたくさんの雪景色を画像で見て、なんとなく慣れてしまっていたけれど、本物を見るとやっぱり嫌な気分になる。

あの冬の日のことを思い出してしまうからだ。

傘をさし、水たまりができたアスファルトに足を踏み出す。小さく吐いた息が白くて、背中を丸め、速足で六花の家に向かう。

しかし途中の児童公園の前で、朝陽は足を止めた。薄暗い街灯の下、見慣れた人影に気づいたからだ。

「六花？」

さっき店に来たときと服装が違う。一度家に帰ってから、また出てきたのだろう。いつも着ているもこもこした部屋着の上にコートを羽織り、傘もささずにぼんやりと突っ立って公園を見つめている。

雨水のたまった道路とは違い、公園の地面や植木はわずかに雪が積もり白くなっていた。

「なにやってんだ！　こんなところで！」

慌てて駆け寄り、傘をさしかける。六花は青ざめた唇を動かした。

「早く……行かなきゃ……」

公園に積もった雪を見たまま、か細い声を出す。

「……希美さん、ですね？」

「わたし、ずいぶん遅くなっちゃったから……彼をずっと待たせちゃってるから……」

「希美さん……」

希美が朝陽の顔を見た。いつもよりもずっと弱々しい。

やがて希美がハッと気づいたように表情を変え、苦笑いをする。

「ごめん。雪を見てたら、いてもたってもいられなくなっちゃって」

朝陽は自分の首に巻いていたマフラーを希美の首に回した。

「希美さん、帰ろう。こんなところにいたら風邪ひくよ」

「朝陽くん……」

かすかな雪が、希美の長い髪にふわりと落ちる。

「ごめんね。六花ちゃんの体が心配だよね？」

朝陽は少し考えてから、希美の前で首を横に振る。

「六花も心配だけど、希美さんのことだって心配してます」

希美が一瞬、顔を歪め、それから寂しそうに微笑む。

「もう……無理なのかな」

「え？」

「これ以上朝陽くんに迷惑かけたくないし……もう彼に会うのは、あきらめたほうがいいのかな」

「なに言ってるんだよ！」

朝陽は思わず声を上げた。

「希美さんが弱気になってどうするんですか！　そんなの全然希美さんじゃない！」

希美が噴き出すように笑う。

「なにそれ……全然わたしじゃないって」

微笑んだまま目を伏せる希美に伝える。

「とにかく、あきらめたらだめだ！　俺は全然迷惑だなんて思ってないし、俺が絶対なんとかするから！」

「……うん」

希美がうなずく。

「早く思い出さなきゃね」

希美の声が暗闇に響いた。朝陽の胸が痛くなる。

早く見つけなければ。

それなのに――いつまでもずっと、自分を頼りにしてもらいたいとも思っている。

希美にも、六花にも。

そして、そんなことを考えている自分に嫌気がさすのだ。

「帰ろう、希美さん。おばさんが気づいたら、きっと大騒ぎになる」

「そうだね」

そのままふたり、ひとつの傘をさし、ゆっくりと歩いた。

やがて灯りのついた六花の家が見えてくる。

希美が白い息を吐きながら、マフラーをはずした。そしてそれを朝陽の首にそっと巻き、人差し指を自分の唇に当てる。

「わたしが外に出てたこと、ふたりだけの秘密だよ?」

「わかってる」

希美が音を立てずに、そっと家の中に入っていく。朝陽は黙ってその背中を見送った。


「はぁ……」

休み時間、教室の窓際の席から外を眺めながら、朝陽はため息をついた。

昨日降った雪は、やっぱりすぐにやんでしまった。今日はからりとした冬晴れだ。

窓からは明るい午後の陽が差していた。

「あーさひくん!」

そんな朝陽に声がかかる。

「またため息なんてついちゃって。あいかわらず悩みが多そうだな、君は」

にやにや笑いながら近寄ってきた清史郎を、じろっと睨む。

「悩みがあるなら、親友の俺に相談したまえと言っただろう？」

「べつに悩みなんかないよ」

清史郎から顔をそむけ、机に頬杖をつき、再び窓の外を見る。グラウンドの周りには、桜の木が枝を広げて何本も並んでいる。

「またまたー。朝陽はいっつもそうだよな？　誰にも頼ろうとしない」

騒がしい教室の中、清史郎の声が耳に響く。

「たまには俺を頼ってくれてもいいのになぁ、寂しいぜ」

「だから悩みなんかないって」

そして外を見たまま、言葉をつなげる。

「ただムカつくだけだよ。いい人ぶってる自分自身が」

清史郎は机の前にまわり込み、無理やり朝陽の視界に入ってきて言う。

「それってバリバリ悩んでると思うけど？」

「だとしてもお前には関係ない」

「ああ、寂しいなぁ！　朝陽くんに俺の気持ちは届かないのか！」

大きな声で清史郎が叫ぶので、近くにいた女子グループがくすくすと笑っている。

ウザい男だ。本当に。

「まぁ、お前の悩みはだいたいわかる。てか、百パー六花ちゃんのことに違いない」

清史郎は腕組みをして、ひとりで理解したように「うんうん」とうなずいている。

「かわいいかわいい六花ちゃんを、そろそろ自分から卒業させてあげたいけど、やっぱり嫌だ、離したくない。だからいい人ぶって、六花ちゃんが離れていかないようにしてる。どうせこんなところだろ？」

朝陽は驚いて清史郎を見た。清史郎はそんな朝陽を見て、けらけらと笑う。

「そのくらいわかるって。朝陽が六花ちゃんと付き合ってきたのと同じくらい、俺だってお前と付き合ってるんだから」

「あ……」

そういえばそうだ。

清史郎とは保育園のときに知り合って、それから小学校も中学校も高校までずっと一緒。部活が同じわけでもないし、もちろんクラスが別々になったこともたくさんあるけど、なにかと清史郎は朝陽にかまってきた。

何度突き放してもすり寄ってくる清史郎は、いつの間にかそばにいるのが当たり前の存在になっていた。

「だったらさ、ここはひとつ、ちゃんと言うしかないんじゃね？」

「ちゃんと言うって……なにをだよ？」

にやっと笑った清史郎が、朝陽に向かって言う。

「六花ちゃんに、好きだって」

「は？」

口を開けたまま、ふと周りを見たら、さっきの女子たちが興味津々の目つきでこっちを見ていた。朝陽は慌てて立ち上がると、清史郎の腕を引っ張り教室の外へ連れ出した。

「いきなり変なこと言うなよ！」

「なにが変なんだよ。好きなんだろ？　六花ちゃんのこと」

「誰が好きって言った？」

「そんなの見てればわかるって。俺じゃなくても、誰でもな」

顔が熱くなるのを感じる。

いや、違う。そんなんじゃない。

六花はずっとそばにいた幼なじみで、妹みたいな存在で、兄のように頼ってもらえると嬉しくて、それで自分が心地よくなれて。

朝陽はぎゅっと両手を握る。

自分が心地よくなるために、六花を利用しているだけなんだ。

「ほんとに……そんなんじゃないから」

うつむいて、ぽつりとつぶやいた朝陽の耳に、清史郎の声が聞こえた。

「じゃあ俺が告ってもいいんだな?」

胸にその言葉が刺さる。

「俺はずっとお前に遠慮してたんだよ。だけどもう、遠慮しなくてもいいんだな?」

そっと顔を上げる。

清史郎は笑っていなかった。見たことのない真剣な顔つきで、朝陽を見ていた。

「……勝手にすればいいだろ」

自分に言い聞かせるように、そう言った。

「じゃあ勝手にする。後悔しても知らないからな」

清史郎は背中を向けると、朝陽を置いて教室に入っていく。

「好きなんかじゃない」

誰にともなくつぶやいた。

「こんなやつが……六花を好きになる資格なんかない」

立ち尽くす廊下に、チャイムの音が響いた。


放課後、学校の図書室に寄って、雪景色の写っている本を探した。

探しているうちに時間が過ぎ、校舎を出るころ、外は薄暗くなっていた。

今日『カフェ　ナリミヤ』は定休日。閉まっている店の前を、背中を丸めて通り過ぎる。

街は凍りつくように冷えていた。少し強い北風が吹き、朝陽はマフラーを口元まで押し上げる。

六花の家が見えてきて、足を止めた。

さっきの清史郎とのやりとりを思い出し、また胸の奥がもやもやしてくる。

今日は行くのをやめようか。テスト勉強があるって言えばいい。

白い息を吐きながら、二階の六花の部屋を見上げる。

『早く……行かなきゃ……』

雪を見て、外に飛び出てきた希美。

きっと彼女はあせっている。早く見つけてほしいと思っているはず。

気づけば朝陽の足は、六花の家に向かっていた。


「朝陽！　おかえりー！」

いつものように二階の部屋に行くと、希美が嬉しそうに笑いかけてきた。

「希美さん。これ見て」

朝陽はバッグの中から写真集を取り出した。

さっき借りてきた、雪景色の写っている本だ。

「なにか見覚えのある風景でもないかなぁって思って……」

希美が呆然と朝陽を見ている。

「希美さん……？」

そこまで言って、朝陽はハッと気がついた。

最近ずっと「希美」だったから、うっかりしていたけど……。

「朝陽。なに言ってるの？」

まずい。希美さんじゃない。

「いや、なんでもないよ」

「なんでもなくないよ！　ねぇ、希美さんって誰なの？」

立ち上がった六花が、朝陽に詰め寄った。

どうしよう。でも六花には言えない。知らないうちに、自分の体を使われているなんて。

「本当になんでもないんだよ」

苦笑いしてごまかそうとしたけど、写真集を六花に奪われた。

「桜の花……？」

六花は雪の積もった中に立つ桜の木を見つめて、ぽつりと言った。

「こんな景色……見覚えがある……」

「え？」

「なんだかすごく懐かしいような……」

今は六花のはずなのに……もしかして希美の記憶が、六花にも共有されてるのか？

「ねぇ、この景色がどうしたの？　教えて？」

でも六花には教えられない。希美とふたりで解決すればいいことだ。

「六花には関係ないんだよ。なにも心配しなくていいから」

そう言って、六花の手から強引に写真集を取り返す。

そんな朝陽の耳に、六花の声が聞こえた。

「久しぶりに会えたのに……朝陽はいつだってそうだよね」

「え？」

「朝陽はあたしになにも話してくれない」

「そんなことないだろ？」

六花が首を横に振る。

「あたし、朝陽の力になりたいの。いつも頼ってばかりじゃなく……あたしが朝陽を
……」

「いいよ、そんなの」

吐き出した声が思っていたよりきつくて、自分でも驚いた。

六花がぎゅっと唇を結ぶ。朝陽は慌てて言い直す。

「いや、俺はなにも大変なこととかないから。心配してもらわなくても大丈夫ってこと」

一度黙り込んだあと、六花がぽつりとつぶやいた。

「お母さんのことは？」

その声にハッとする。六花は真っ直ぐ朝陽のことを見つめている。

「朝陽のお母さんのことは？　大丈夫なの？」

「なんでそんなこと……」

「前にちらっと言ってたでしょ？　あたしがうちのお母さんの文句を言ったとき、俺から見ればうらやましいって。あれ、小さいころいなくなった、本当のお母さんと比べてたんだよね？」

そういえば無意識にそんなことを言ったような気がする。

『俺から見ればうらやましいよ。ちゃんと子どものこと考えてくれててさ』

あの言葉、六花はちゃんと覚えていたのか？

「お母さんから手紙も届いてるんでしょ？　この前、朝陽んちに行ったとき、波留さんから聞いちゃったんだ」

ぐっと息を呑む。体がじわじわと熱を帯びてくる。

「波留さん、言ってた。朝陽くん、お母さんからの手紙読んでないみたいだけど、あたしに気を遣ってるのかなって……」

「そんなんじゃない」

顔を上げて六花に告げた。

「ただ俺が、母さんを許せないだけだよ」

六花は黙って朝陽を見つめると、うつむきがちにつぶやいた。

「そうだよね。朝陽はお母さんのこと、すごく好きだったもんね」

六花の声に、幼いころの思い出がよみがえる。

朝陽の母が家を出ていったのは、朝陽が七歳の冬だった。「なんで」って思ったし、寂しかったし、悲しかったし、父に対しては感情をぶつけることもあった。

でも六花の前ではそんな姿を見せたくなくて。いつだって強がって、強がったままここまで来た。それなのに六花から「かわいそう」と思われている気がして、なんだかものすごく情けなくなる。

「もういいよ。そんなの六花には関係ない」

「関係ないとか言わないでよ！」

六花が声を上げた。握りしめた手が震えている。

「あたしだって朝陽の力になりたいよ。朝陽が困ってるなら助けてあげたいよ」

「六花には無理だよ」

六花の顔色が変わる。

今ならまだ引き返せると思ったのに、朝陽の言葉はもう止まらなかった。

「無理だよ。六花には。俺の力にはなれない」

六花が顔をしかめ、唇を噛みしめた。泣きそうになったときの顔だ。朝陽はすっと、そんな六花から顔をそむける。

「どうして……そんなこと言うの？」

「無理だから無理って言ったんだ。六花は普通じゃないんだから」

「普通じゃないって……たしかにあたしは心臓が悪くて、みんなと同じことはできなかったけど……朝陽はあたしのこと、そんなふうに見てたの？」

そうだよ。いつだってそうだったよ。

だってそのほうが都合がよかったんだ。いつまでもなにもできない、普通じゃない六花のままでいてほしかった。

そうすれば六花はいつまでも自分のことを――。

六花はベッドの上にあったキャラクターのぬいぐるみをつかみ、朝陽に投げつけた。

「痛っ……」

六花が歩き出し、部屋を出ていこうとする。

そんな六花の腕を、乱暴につかんだ。振り向いた六花が、泣きそうな目で朝陽を見上げる。そして朝陽に向かってはっきりと言った。

「今日の朝陽は嫌い」

朝陽の手が、六花から離れる。呆然と立ちつくす朝陽を残して、六花が部屋を出ていった。パタパタと階段を下っていく音が聞こえる。

その音が聞こえなくなると、朝陽はその場にすとんっと座り込んだ。

『かわいいかわいい六花ちゃんを、そろそろ自分から卒業させてあげたいけど、やっぱり嫌だ、離したくない。だからいい人ぶって、六花ちゃんが離れていかないようにしてる。どうせこんなところだろ？』

清史郎に言われた言葉が頭に響く。

そうだよ、そのとおりだよ。

朝陽は手を広げ、ぼんやりと見下ろした。

「この手を……離したくなかったんだ」

手のひらに残っている、六花のかすかなぬくもりが消えていく。

そばには、中学のころ朝陽がプレゼントしたぬいぐるみが、寂しげに転がっていた。

第三章　もっと強くなりたい

「さっき六花ちゃんが来たよ」

「えっ」

翌日『カフェ　ナリミヤ』に行くと、マスターからそう言われた。マスターはグラスを磨きながら、いつもと変わらぬ人のよさそうな笑顔を見せる。

六花が来たって……どっちだ？　本物の六花か？　それとも希美？

「あれは本物の六花ちゃんだと思うなぁ」

朝陽の戸惑いを悟ったように、マスターが言う。

「なんだかすごく元気なかったけど……喧嘩でもした？」

たしかにそれは六花だ。六花がここに来たんだ。

朝陽の頭に、昨日の言葉がよみがえる。

『今日の朝陽は嫌い』

嫌いなんて言われたのは、初めてだ。でも六花にはずっとなにもできないままでいてほしくて。だから六花が一番嫌がることを言ってしまった。

「ほんとのことを言っただけです。六花には無理だって」

だけどきっと、戻ってくる。戻ってくるに決まってる。

朝陽は無理やり自分に言い聞かせる。マスターはそんな朝陽に笑いかけた。

「朝陽くんはどうして、無理だって決めつけるのかな？」

「それは……」

そうやって決めつけて、六花を縛りつけておきたいからだ。だけどそんなこと、マスターには話せない。そんな最低な男だと、マスターには知られたくない。

黙り込んだ朝陽に向かって、マスターは穏やかに話し始める。

「六花ちゃんは手術を受けて、これからどんどん元気になる。ひとりでできることも増えてくるだろう。それに六花ちゃん、言ってたよ。自分の命を助けてもらったから、これからは誰かを助けられるようになりたいってね」

そんなことはわかってる。わかっているのに、六花はいつまでもなにもできない子でいてほしい、と思ってしまう。

そしていつまでもずっと、自分を頼ってほしいと思ってしまう。

朝陽は頭を抱えた。最悪だ。こんなやつ、六花に嫌われて当然だ。

「朝陽くん」

客のいない静かな店内に、しっとりとした音楽と、マスターの声が響いた。

「実は僕にもね、幼いころから一緒の、幼なじみの子がいたんだ」

「えっ」

思わぬ言葉に、朝陽は勢いよく顔を上げた。マスターはいつものように、にこにこ笑っている。

「ずっとそばにいたからその大切さに気づかなくて……なかなか素直になれなかったんだよね」

朝陽はじっとマスターの声に耳を傾ける。

「でも高校三年生の、ちょうど今ぐらいの時期。春から僕は東京の大学に行くことが決まっていて、幼なじみの女の子は地元に残ることになっていた。そこで僕は一大決心をしたんだ。卒業式の日に、告白しようって」

「告白……」

マスターが遠くを見るような目つきで天井を見上げる。

「あんなに勇気を出して想いを伝えたのは、僕の人生、最初で最後だったかもしれない」

「それで……その告白は……どうなったんですか？」

どうしても聞きたくなって、朝陽は尋ねた。マスターはいたずらっぽく笑って、朝陽に答える。

「成功だったよ。彼女も僕のことを好きだと言ってくれてね。その彼女は今も僕のそばにいてくれる」

「あっ、じゃあ、マスターと響子さんって幼なじみだったんですか？」

「なんか照れるね」

マスターが頭を掻く。それから懐かしそうに話し始めた。

「恋人同士になれても遠距離恋愛だったし、喧嘩もしたし、まぁいろいろあったよ。でもいろんなことを乗り越えて、一緒になれて、ふたりの夢だったカフェを開くこともできて……あの日勇気を出して想いを伝えて、本当によかったと今でも思うよ」

朝陽は黙ってマスターの声を聞く。

「実は結婚してからも、卒業式があった三月三日は、毎年響子と告白した場所を訪れていたんだ。僕たちにとって、大切な場所だからね。去年は響子が入院してて行けなかったんだけど、今年は、絶対ふたりで行こうって約束したんだ」

「約束……」

つぶやいてから、今も入院している響子のことを思う。その約束は叶うのだろうか。

グラスを片づけ始めたマスターが、静かに微笑む。

「まぁ、僕が言いたいのはね。朝陽くんも、伝えたいことは伝えられるうちに伝えたほうがいいってこと。伝えて後悔するより、伝えられなくて後悔するほうがつらいと思うから」

後悔……。ふと頭に浮かんだのは、希美の言葉。

『わたし彼に、大切なことを伝えたかったの。それなのに……』

希美もあの笑顔の裏で、どうしようもない後悔を抱えているんだ。きっと。

振り向いたマスターがにこっと微笑む。

「朝陽くんの気持ちを素直に話せばいいんだよ。きっとわかってもらえる」

朝陽はなにも言わなかった。いや、言えなかった。

ただぼんやりと、マスターの持つ透明なグラスを見つめているだけだった。

その日、家の前に見慣れた姿が見えた。

「六花……」

いや、待て。希美かもしれない。

言葉を詰まらせた朝陽に気づき、にかっと笑ったのは希美だった。

「おかえり！　朝陽くん！」

朝陽はわかりやすく顔をしかめる。

「なにやってるんですか。こんなところで」

「あ、今日はわかったんだ。わたしが希美だって」

「からかわないでください」

希美が笑うのをやめて朝陽を見た。

「ごめん。ちょっとふざけすぎたね」

朝陽はちらっと視線を向ける。希美は朝陽に向かって明るく告げた。

「わたしはしばらくおとなしくしてるよ」

「おとなしくって？」

「こんなふうに出てこないようにする」

朝陽は慌てて希美に言う。

「そんなことできるんですか？」

「わからない。でも朝陽くん、六花ちゃんと仲直りしたいでしょ？」

希美がいたずらっぽく朝陽を見つめる。

「あと、わたしがいなくても、『約束の場所』はちゃんと探してね。頼りにしてるよ！」

希美は振り向きもせず、家の中に入ってしまった。

「ちょっ……希美さん！」

朝陽は深くため息をつく。

「ほんとに……勝手なんだから」

その夜はなんだか眠れなかった。マスターの言葉が頭の中をぐるぐる回って、なにもかもわかっているのに変われない自分が嫌になる。

ベッドから起き上がり、カーテンを開けて窓の外を見た。朝陽の部屋の窓からは、六花の部屋の窓が見える。

灯りはついていなかった。もう眠っているのだろう。

朝陽は手のひらを広げ、窓にぺたっと押しつけた。冷たいガラスの感触が、手のひらにひんやりと伝わってくる。

「こんなに近くにいるのに……」

六花との距離が、どんどん遠くなっていくようで怖かった。


翌日の土曜日も、午後のバイトの時間まで部屋でごろごろしていた。

窓からは明るい光が差している。東京はずっと冬晴れが続いていた。

そろそろ支度をしなければと起き上がり、なにげなく窓の外を見る。

すると見慣れた背の高い男が、家の前をうろついているのに気がついた。

「なにやってんだよ、こんなところで」

文句を言いながら外へ飛び出す。

「あっ、朝陽」

にかっと笑って手を上げたのは、私服姿の清史郎だった。といっても、清史郎は今日もジャージ姿だ。部活のときも休みの日も、清史郎の姿はほとんど変わらない。

「なにしにきたんだよ」

「は？　べつにお前に会いにきたわけじゃないよ」

「へ？」

するとガチャッとドアが開く音がして、隣の家から六花が出てきた。

いつもの部屋着ではなく、コートの下にロングスカートが揺れていて、あたたかそうなブーツを履いている。髪はゆるい三つ編みで、ほんのりメイクもしているようだ。

「あっ、六花ちゃん！　迎えにきたよー」

清史郎がはしゃぎ声を上げ、両手を頭の上で大きく振った。

「えっ、迎えにきたって……」

まさかデート？　いやいや、それはありえない。

六花は清史郎を見てにこっと微笑んだあと、朝陽がいることに気づき、あからさまに顔をしかめた。

あの態度は……間違いなく六花だ。

『こんなふうに出てこないようにする』

希美はそう言っていたし。

「おいっ、清史郎！　迎えにきたってなんなんだよ？」

「ああ、今日千穂がうちに友だち呼ぶらしくて、六花ちゃんも来ることになったんだ。でも俺んち、小学生のころ住んでたアパートから引っ越しただろ？　道わかんないだろうから、千穂の代わりに俺が迎えにきた」

六花が友だちの家に遊びにいく？　そんなこと今までなかったのに。それになんで清史郎が迎えにくるんだよ。カンケーないだろ？

胸の奥から、もやもやしたものが湧き上がってくる。

「ごめんね、清史郎くん。あたしひとりでも大丈夫って言ったのに」

「いやいや、六花ちゃんのためなら、俺はなんでもしますとも」

清史郎が胸に手を当て、ひざまずく。六花がくすくすと笑っている。朝陽のほうは一度も見ないまま。

「まぁ、朝陽くんはバイトでも頑張っていてくれたまえ。六花ちゃんはこの俺に任せて」

清史郎は立ち上がると、ははっと笑ってから、朝陽の耳元でささやく。

「六花ちゃんには、話したいこともあるしな」

「話したいこと？」

意味ありげに笑った清史郎が、六花に声をかける。

「じゃあ、行こうか。六花ちゃん」

「はい」

　ふたりがゆっくりと歩き出す。朝陽は黙ってその背中を見送る。

「なんなんだよ……話したいことって」

　清史郎がなにか話しかけて、その顔を見上げるように六花が笑っている。

「なんなんだよ」

　どうしようもなくむしゃくしゃして、すぐにふたりに駆け寄って、その体を引き離したい気分だった。

『無理だよ。六花には』

　自分から六花を、突き放したくせに。


　真っ青な空の下、重い足を引きずるように歩く。

　さっき見た、清史郎と六花の後ろ姿が、いつまでたっても頭から離れてくれない。

『じゃあ俺が告ってもいいんだな？』

　この前清史郎はそう言っていた。

「まさか今日、告白するつもりか？」

　清史郎と六花が向かい合っている姿を想像して、頭を振ってそれを打ち消す。

「くそっ……」

なにもかもが嫌になって、でもなにもできない自分に腹が立って、足元の石ころを思い切り蹴飛ばした。

こんな気分でバイトなんかできるのだろうか。にこやかに微笑んで「いらっしゃいませ」なんて言えるのだろうか。

いつも穏やかなマスターの顔が頭に浮かぶ。

きっと嫌なこともつらいこともあるはずなのに、マスターが苛立っているところなんて見たことがない。

大人になれば、あんなふうになれるのだろうか。いや、自分はなれない気がする。きっと最低なまま、最低な大人になるだけだ。

そんなことを考えながら『カフェ　ナリミヤ』の前まで来て、立ち止まる。一旦深く息を吐いてからドアの取っ手に手をかけ、朝陽はつぶやいた。

「あれ？」

ドアが開かない。今日のシフトは午後からだから、店は営業しているはずなのに。

朝陽は首をかしげて、ドアのガラス部分から店内をのぞき込む。中はガランとしていて、マスターがいる気配もない。

「なにかあったのかな……」

頭に浮かぶのは響子のこと。響子が再入院してから、何度か臨時休業になることはあった。しかしそのときは必ずマスターから連絡が来ていた。

朝陽はポケットからスマホを取り出し、メッセージを確認する。マスターからの連絡は来ていない。嫌な予感がして、スマホに文字を入力する。

【マスター、大丈夫ですか？】

それを送ろうとして、やっぱり消去した。なんだか怖くなってしまったのだ。

「迷惑になったら困るし……」

マスターから連絡が来るのを待とう。

そう考えて、スマホをポケットに突っ込もうとしたとき電話が鳴った。びくっと体を震わせ表示している名前を見ると、マスターからだった。

「も、もしもしっ！」

「ああ、朝陽くん？　悪いね。もしかして店まで来ちゃった？」

「はい。今店の前で……」

「ごめんね。連絡できなくて。今日……というかしばらく、店は休もうと思うんだ」

「あの……なにかあったんですか？」

おそるおそる尋ねてみる。少しの空白のあと、朝陽の耳にマスターの声が響いた。

「昨日の夜……響子が亡くなったんだ」

「え……」

路地に冷たい北風が吹いた。道路の端にたまっていた枯葉が、カサカサと音を立てて散らばっていく。手から滑り落ちそうになったスマホを、朝陽はぎゅっと持ち直した。

「あ、えっと……あの……」

なんて言ったらいいのかわからない。スマホを持つ手が震えて、心臓の音が自分の耳にドクドクと聞こえてくるようだった。

そんな朝陽に、いつもと変わらないマスターの声が聞こえてくる。

「驚かせちゃって、ごめんね。もう長くはないってわかってたから、僕は覚悟してたんだけどね。今は葬儀のこととかでバタバタしてて……連絡が遅くなって、申し訳ない」

「そんな……」

「それでひとつ、朝陽くんに頼みたいことがあるんだけど」

「はいっ、なんですか」

マスターの頼みだったら、なんだって聞こうと思った。

電話の向こうで一呼吸ついたあと、マスターが告げた。

「響子が亡くなったこと、六花ちゃんに伝えておいてくれるかな」

ごくんと唾を飲み込んだ。返事をしたいのに、声が出ない。

「難しいことを頼んじゃって、悪いと思うんだけど……」

だけどマスターも困っているのがわかったから……。

「わかりました」

噛みしめるように返事をした。

「六花に伝えておきます」

「ありがとう」

マスターはそう言うと「また連絡するね」と電話を切った。

朝陽はスマホを持っていた手を下ろす。

土曜日の午後。空は晴れてあたりは明るいのに、自分の目の前だけ電気のスイッチが切れて、真っ暗になった気がした。


公園のそばの自動販売機でホットコーヒーを買う。ガコンッと落ちてきた缶をぼうっと見つめてから、それを手に取った。

あたたかい缶を両手で包み込み、のろのろ歩いて公園のベンチに向かう。ひっそりとした公園は、今日も誰もいなかった。

ベンチに腰を下ろすと、朝陽は缶を開け一口飲んだ。

「……甘い」

缶に書かれた【微糖】という文字。

「やっぱりブラックのほうがよかったか……」

朝陽はぼんやりと思い出す。バイトを始めたばかりのころ、マスターに淹れてもらったコーヒーを飲んでいたときのことを。

「すごい、朝陽くん。ブラック飲めるんだ！　かっこいい！」

そばにいた響子がそう言って微笑んだ。本当は大人っぽく見せたくて、見栄を張っていただけなのに。響子はどうでもいいことでも大げさに褒めてくれる、優しい人だった。

カフェの仕事がなにもわからない朝陽に、丁寧に教えてくれたのも響子だ。響子は仕事を教えながら、よくこう話していた。

「昇くんとカフェを開くのが、昔からの夢だったの。お店の内装やメニューをふたりで考えていく時間は、本当に楽しかった」

その話をするときの響子は、とても幸せそうに見えた。

朝陽は缶コーヒーをもう一口飲む。

あれから二年近く経ち、コーヒーは微糖でも甘く感じるようになってしまった。

そしてあの日、優しく微笑んでくれた響子はもういない。

鼻の奥がつんとして、朝陽は残りのコーヒーを一気に飲んだ。

ひと気のない寒々しい公園。冷たい風が吹き、枯れ枝が揺れた。遠くで救急車のサイレンが物悲しく響いている。

もうどのくらいここにいるだろう。陽は暮れかけて、空気が一段と冷え切ってきた。

そのとき道路の向こうから、ふたりの人影が近づいてくるのが見えた。朝陽は急いで立ち上がると、空き缶をゴミ箱に投げ入れ、公園から飛び出す。

「あ……」

驚いた顔で立ち止まったのは、千穂と歩いていた六花だ。

「六花。話があるんだ」

呆然と立ちつくす六花の隣で、千穂が汚いものでも見るような目つきで朝陽に言う。

「もしかしてここで、六花のこと待ち伏せしてたんですか？」

「えっ、いや、これは……」

「六花が言ってました。朝陽くんにひどいことを言われたって」

千穂の声に、六花が顔をそむける。朝陽はぎゅっと手を握ると、千穂に向かって口を開いた。

「ごめん。でも大事な話なんだ。ふたりだけにしてくれないかな？」

「大事な話ってなんなんですか？　また六花を傷つけるようなこと言うつもりですか？」

「そんな……」

ちらっと六花の横顔を見る。六花は視線をそらしたまま、きゅっと口を結んでいる。

「六花。ごめん」

黙ったままの六花に言う。

「俺のこと嫌いでいいから……今だけ、話を聞いてほしいんだ」

六花はなにも答えない。朝陽は息を吸い込むと、思い切って口を開いた。

「響子さんのことなんだ」

六花がハッとしたように、こっちを向く。その唇がかすかに震えている。

朝陽は胸が痛くなった。響子が亡くなったことを話したら、六花はショックを受けるだろう。泣いてしまうかもしれない。

「……千穂ちゃん、ごめんね。送ってくれてありがとう」

六花が千穂に向かって頭を下げた。

「六花……」

「少しだけ、朝陽と話したいの」

千穂はなにか言いたげに六花を見ていたが、やがて「わかった」とうなずき、朝陽に顔を向ける。

「六花にひどいこと言ったら、あたしが許しませんからね」

「……うん」

千穂は朝陽を睨みつけたあと、六花に手を振った。

「じゃあ、またあとで連絡する」

「うん。今日はありがとね」

「バイバイ」

来た道を戻っていく千穂を見届けてから、六花が朝陽に言った。

「話して。朝陽」

六花の真剣な表情に、朝陽は黙ってうなずいた。


さっきまでひとりで座っていた公園のベンチに、六花と並んで座った。六花は膝の上で、白い手袋をつけた手を握りしめている。

「さっき、マスターから連絡があって……」

足元で風に舞っている落ち葉を見つめながら、朝陽はつぶやいた。

「昨日の夜……響子さんが亡くなったって教えてくれた」

六花も前を見つめたまま、一回長く息を吐いた。それから消え入ってしまいそうな声で「そう……」とだけつぶやいた。

犬を連れた人が公園に入ってきた。ふたりの前を通り過ぎ、しばらく歩き回ったあと、また公園を出ていく。その間、ふたりは無言だった。

冷たい風が吹き、朝陽は六花の体が心配になる。おそるおそる隣を見ると、六花はまだ真っ直ぐ前を見つめていた。てっきり泣き出すかと思ったのに、六花は強い視線で、見えないものを睨みつけているかのようだった。

「六花……」

思わず声をかけると、六花がぽつりとつぶやいた。

「なんとなくわかってた。こうなることは」

六花の声が胸に染み込む。

「朝陽は『また会えるよ』って言ってくれたけど……あのあとよく考えたの。このままなにもしないで待ってるだけでいいのかなって。だからあたし、響子さんの病院に会いにいったの」

「え……」

朝陽の知らないうちに六花がそんな行動をしていたなんて、考えもしなかった。

「あたしが病気でつらいときも、響子さんに励ましてもらったし。少しでもあたしにできることがあればって思って……でも逆に、響子さんに励まされちゃったけど」

朝陽は膝の上の手を、ぎゅっと握りしめた。

六花のことは誰よりも知っていて、六花を励ましてきたのは自分だと思っていたのに。

朝陽の知らない六花がここにいる。

「あたし、強くなりたい」

朝陽が視線を上げ六花を見る。六花はゆっくりと朝陽に振り向き、ふたりの目が合う。

「響子さんみたいに、もっともっと強くなりたいの」

呆然とする朝陽の隣で六花が立ち上がる。

「ありがとう、朝陽。伝えてくれて」

「……うん」

六花が朝陽に背中を向ける。そして真っ直ぐ前を見つめ、ゆっくりと歩き出す。

その背中が、朝陽の手が届かないところまで行ってしまうような気がして……。

「六花！　待って！」

朝陽は立ち上がり、そんな六花を追いかけた。公園から出ていこうとする六花の前に立ち、行き先をふさぐ。

「この前はごめん……俺……」

マスターから聞いた言葉が頭に浮かぶ。

『朝陽くんの気持ちを素直に話せばいいんだよ。きっとわかってもらえる』

「俺……六花にずっと頼ってもらいたくて……」

「朝陽」

六花の声が、朝陽の言葉を遮った。

「もうあたしはひとりで大丈夫だから。今までありがとう」

雲に隠れていた夕陽が差し、公園をオレンジ色に染めた。目の前に立つ六花が、その色の中でかすかに微笑む。その顔は、朝陽よりもずっと大人びて見えて……。

六花が朝陽から視線をそらす。そしてそのまま静かに公園を出ていく。

「六花……」

朝陽はその場に立ちつくした。母に置いていかれた、幼い子どものように。

『今までありがとう』

六花の言葉が頭に響く。

それってもう……六花に『お兄ちゃん』は必要ないってこと?


どのくらい歩き回っていたのだろう。なんとなく家に帰りたくなくて、家とは反対方向の繁華街を彷徨っているうちに、空は真っ暗になってしまった。

帰って陸に宿題を教えなきゃ。海の髪の毛を乾かして、空をトイレに連れていって、宙をつかまえておむつをはかせて……。

「……帰らなきゃ」

頭の中でぐるぐる考えていたら、いつもは通らない路地に迷い込んでいた。『カフェナリミヤ』のある路地とは違う、酒を飲む店が集まっている場所だ。

このあたりは昼間は静まり返っているのに、夜になると急に活気が出てくる。仕事終わりの会社員や、飲み会に集まった若者が、店の前で集まって大声でしゃべっている。

朝陽はその光景を横目で見ながら、ぼんやりと歩いた。

自分も大人になったら、あんなふうに酒を飲んだりするんだろうか。

酒を飲んだら、嫌なこととか忘れられるんだろうか。

だったら大人は楽でいい。でも酒が飲めない自分はどうしたら……。

「……って」

「あ、すみません」

ぼうっとしていたら、すれ違った人にぶつかってしまった。謝って顔を上げると、こちらを睨みつけている男と目が合った。

金髪にピアス、サングラス。チェーンのネックレスに口と顎の髭……見るからにガラの悪そうな三十代くらいの男だった。

「なんだ、てめぇ？　人にぶつかっといて、ガン飛ばしてんじゃねーぞ！」

「え、べつにガン飛ばしてなんて……」

男が朝陽の前に顔を突き出す。すごく酒臭い。

「ああ？　なんか文句あっか？」

「……いえ、ありません」

周りを歩く人たちが、ちらりとこっちを見て、そそくさと逃げていく。

どうやら完全に絡まれたようだ。こういうとき、どうすればいいんだ？

「だったら謝れや！」

男が大声で怒鳴ってくる。

「そこに膝ついて、土下座しろ！」

「……なんで土下座なんか」

「はぁ？　今なんつった？」

ああ、もうめんどくさい。なんだかもう、どうでもよくなった。

「さっきちゃんと謝りました。でも聞こえなかったならもう一度謝ります。どうもすみませんでした！」

「このガキ！」

男が手を伸ばしてきた。

まずい。殴られる。

ぎゅっと目を閉じた朝陽の耳に、聞き慣れた声が聞こえた。

「あー、すみません！　うちの弟が失礼しましたぁ！」

驚いて目を開ける。朝陽と男の間に立ちはだかっているのは――。

「六花！　いや……希美さん？」

「バカ。こんなところでなにやってんのよ」

ちらっと後ろを見てそう言ったあと、男のほうを向き、希美がにこっと微笑んだ。

「ごめんなさいねー。うちの弟、いっつもぼうっとしてて」

「ああ？　あんたこいつの姉貴か？　全然そうは見えないが」

男は顔をしかめたあと、すぐにまた怒鳴り始めた。

「まぁ、いい。だったらあんたが代わりに土下座しろや！」

男がずいっと希美の前に歩み出た。希美はすっと手を上げ、人差し指で夜空を指さす。

「あっ！　ＵＦＯ！」

「えっ」

男が驚いた隙に、希美が朝陽の腕を引っ張った。

「行くよ！　朝陽くん！」

ちらっと男を見ると、ぽかんと口を開け空を見ている。でもすぐに騙されたと気づいたようで「おらぁ！　待てや！　ふざけんなぁ！」と真っ赤な顔で怒鳴り、追いかけてきた。

「やばい！　追いかけてきた！」

「わたしに任せて」

希美は「あー、あー」と発声練習らしきものをしたあと、大きく息を吸い込み、声を上げた。

「きゃあああ！　助けてください！　悪い人に追いかけられてます！」

芝居がかったその声に、通行人が立ち止まる。追いかけてきた男も、足を止めた。

「助けてくださーい！　追われてるんです！　おまわりさーん！」

「おい！　黙れ！　騒ぐな！」

　男が慌て出し、周りに人が集まってくる。なにが起きたのかと、男に向かってスマホを向けている人もいる。

「朝陽くん！　今のうちに逃げるよ」

「えっ……」

　戸惑う朝陽を引っ張って、人混みの中に紛れ込む。ぞくぞくと集まってくる野次馬を押しのけ、細い路地を進み、気づけば『カフェ　ナリミヤ』の前まで来ていた。

「ここまで来れば、大丈夫でしょ」

　希美の声に後ろを振り返る。もう男は追いかけてこない。さっきまでのざわめきが嘘のように、あたりは落ち着いている。

「希美さん……なんで……」

　希美は一回ふうっと息を吐くと、怒った声でこう言った。

「六花ちゃん、朝陽くんの部屋をずっと見てたんだよ？　でもちっとも電気つかないし。あんまり心配そうにしてるから、わたしが代わりに捜しにきたの」

「わたしが代わりにって……それは六花の体なんだから、危ないことはしないでください！」

「は？　危なかったのは朝陽くんでしょ？　上手く入れ替われたからよかったけど、わたしが来なかったら、あいつにぶっ飛ばされてたよ？」

「う……」

なにも言い返せない。

朝陽は希美の手を振りほどいて言った。

「助けてくれたのは……その、ありがとうございました。でもさっきのなんなんですか？

『あっ！　ＵＦＯ！』って……」

するると希美がぷっと噴き出し、おかしそうに笑った。

「ああ、あれ？　よく漫画とかであるじゃん？　一度やってみたくてさ。マジで引っかかるとは思ってなかったけど」

希美の笑い声が、静かな路地に響く。朝陽は小さくため息をつくと、重い足を動かし始めた。

「朝陽くん」

そんな朝陽のあとを追いかけながら、希美が声をかける。

「響子さんのことは……わたしも悲しいな。六花ちゃんを通して、響子さんには会ってたから。すっごく優しい人だったよね」

そうか。希美も響子のことを知っているのだ。

「朝陽くん、ショックだったでしょ？」

こくんとうなずいてから、ぽつりとつぶやく。

「俺、六花は泣くと思ったんだ」

「うん」

「でも泣かなかった。ちゃんと響子さんとお別れをしてたって……響子さんみたいに強くなりたいって……」

「そうだね……」

さっき公園で六花と会話していたのも、情けない自分の姿も、希美には全部見られていたのだろう。すると自然に、正直な気持ちが口からあふれた。

「俺、六花にはずっと弱いままでいてほしかったんだ。そうすれば俺に頼ってくれると思ったし、どこにも行かないと思ってた」

希美は黙って朝陽の声を聞いている。

「でも六花が、俺の力になりたいなんて言い出すから……六花には無理だって言った。六花は普通じゃないから、無理だって……六花が一番嫌がることをわざと言った」

冷えた両手をぎゅっと握りしめる。

「そう言えば六花は、あきらめると思ったんだ。なのに……」

そこまで吐き出して、朝陽は口を結ぶ。その代わりに、希美が口を開いた。

「六花ちゃんが強くなって、朝陽くんの思いどおりにならなくなっちゃったんだよね」

希美の言葉を頭で繰り返してから、朝陽はうなずいた。

希美は少し笑って朝陽に言う。

「六花ちゃんは朝陽くんの所有物じゃないもんね？　でもわかってるんでしょ？　そんなことは」

もう一度うなずいた。うなずいたけど、どうしたらいいのかわからない。

「だったらはっきり伝えたほうがいいよ。強がるのも、怖がるのもやめて、六花ちゃんと対等な立場に立って、今の朝陽くんの気持ちを伝えたほうがいい」

「でも六花には、もう俺なんて必要ない……」

「なに情けないこと言ってんの！」

希美が手のひらで、朝陽の背中をバンッと叩いた。朝陽はびくっと肩を震わせ、前につんのめりそうになってしまった。

「朝陽くんは六花ちゃんを、ずっと支えてきたんでしょ？　頼りにしてほしい、離れたくないって下心があったとしても、六花ちゃんのことは本当に大事に思ってたんでしょ？」

朝陽は考える。

入院中、めそめそ泣いていた六花を笑わせたくて、テレビのお笑い番組を見て一生懸命おもしろい話を考えた。

勉強を教えてほしいと言った六花のために、一学年下の教科書を押し入れから引っ張り出して予習した。

一緒に学校に行って、一緒に出かけて、疲れて歩けなくなった六花を背負って歩いた。

それは全部自分のためだったけど……六花に笑ってもらえるとすごく嬉しかった。

大事だった。ずっとそばにいたかった。

六花のことが――好きだった。

「ねぇ、朝陽くん？」

突然、希美が顔をのぞき込んできた。やたら近い距離で。驚いて足を止めた朝陽に、希美がいたずらっぽく言う。

「今、ドキッとした？」

「ふ、ふざけないでください！」

慌てて顔をそむける。希美はおかしそうに笑っている。

「六花ちゃんの顔見て、ドキッとしたんでしょ？」

「べつに六花だからってわけじゃなく、希美さんが変なことするから驚いただけでしょ！」

「素直じゃないなぁ」

「ほっといてください」

歩き出そうとした朝陽の背中に声がかかる。

「明日、なにが起きるかわからないってこと」

街灯の灯りが、希美の顔をぼんやりと照らす。

「こうやって朝陽くんと知り合えたのも、奇跡のひとつだから言っておくけど」

動きを止めて、振り返る。希美はにこにこ微笑んで、朝陽を見ている。

「ほっとけないよ」

「え？」

朝陽の前で、希美がはっきりと言う。

「だから後悔しないよう、自分の気持ちに素直に生きたほうがいいよ」

頭をガツンと殴られた気がした。

希美は穏やかな顔で、朝陽に告げる。

「六花ちゃん、元気になってよかったね？　でももしかしたら……朝陽くんの気持ちは、永遠に伝えられなかったかもしれない」

病状が悪化して、生死の境を彷徨っていたこともあった六花。あのとき六花がいなくなってしまっていたら……もし六花にドナーが見つからなかったら。

『昨日の夜……響子が亡くなったんだ』

マスターの声が頭に浮かぶ。マスターはもう、大好きな人に会えない。

『伝えたいことは伝えられるうちに伝えたほうがいいってこと』

それをわかっていて、マスターはあんなことを言ったのだろうか。

手を強く握りしめた。そんな朝陽の耳に、希美の声が聞こえる。

「大丈夫だよ、朝陽くん。今からでも伝えられる」

顔を上げると、ぐっとこぶしを握った希美が、朝陽に笑いかけた。

「六花ちゃんは、生きてるんだから」

朝陽はそんな希美に頭を下げた。

「あ、ありがとうございます……」

「え？」

「希美さんの……おかげです……」

希美がいてくれたから……六花に大事なものを提供してくれたから、六花はここまで元気になれた。そして今、自分の前にいてくれる。

希美はくすっと笑うと、朝陽の肩をぽんぽんっと叩いた。

「わかればよろしい」

「……なんでそんなに偉そうなんですか」

「だってわたしのほうがお姉さんだもん」

視線を上げると、見慣れた六花の顔が見えた。

いつも自分を頼ってくれた、大きな瞳の、ちょっとあどけない顔。

「全然お姉さんには見えないですけど」

「え、なんか言った？」

「いえ、なにも」

希美が満足そうな顔で歩き出す。朝陽はその背中を追いかけるように歩く。

やがて暗闇の中に、あたたかそうな灯りのついたふたりの家が見えてきた。


希美を見送ったあと、朝陽も自分の家に向かった。

どこか遠くに行ってしまいたくても、結局行く場所なんてないのだ。

はぁっと白い息を吐いた朝陽の目に、ポストからはみ出している手紙が見えた。

また来てる。

手を伸ばし、封筒を引っ張り出す。見慣れた綺麗な文字が目に映る。

【飯田早智子】

その名前をじっと見下ろす。

『伝えたいことは伝えられるうちに伝えたほうがいいってこと』

再びマスターの声が頭に浮かんだとき、後ろから声をかけられた。

「朝陽くん？」

驚いて振り向くと、宙をおんぶした波留が、おむつのパックをぶら下げ立っていた。

「今日は遅かったんだね？　バイト忙しかった？」

「あ……うん」

封筒を持った手を、後ろに回す。波留は、にかっと笑っておむつを見せた。

「うっかりおむつ買うの忘れててさ、そこのドラッグストアまで走ってきた」

波留の背中では、宙がすやすや眠っている。

「寒かったでしょ？　ご飯まだだよね。今あっためるから」

「自分でやるからいいよ」

鍵を開けている波留の背中に言う。

「それにおむつくらい、連絡くれれば買ってきたのに」

玄関ドアを開けた波留が、振り返る。そしてにこっと朝陽に笑いかけた。

「ありがと、朝陽くん。でももう十分手伝ってもらってるからさ」

朝陽は持っていた封筒をぎゅっと握りしめる。

「そんなことない。もっと頼んでよ。俺、なんでもするから。陸たちの面倒ももっと見るし、買い物だって行くし、ご飯だって自分で作……」

「朝陽くん」

波留の手が、そっと朝陽の手を握った。あたたかいぬくもりがじんわりと伝わってくる。

「すごく冷たいね」

おむつパックを足元に置き、波留はもう片方の手も添えて、朝陽の手をあたためる。

「こんなに寒い中、どこに行ってたの？　家に帰りたくなかった？」

「え……」

「朝陽くんの家はここだよ？　みんな朝陽くんを待ってるんだよ？」

「でも俺は……みんなとは違うから……」

ついい言葉がこぼれた。

そう、違う。この家で自分だけがみんなと違う。

どんなに弟や妹に慕われたって、どんなに「ありがとう」と言われたって、この家族には見えない壁がある。

『六花はみんなと違うんだよ』

あの言葉は、自分に向けて言った言葉だ。

「なに言ってんの」

波留が朝陽の前で穏やかに微笑む。

「あとから押しかけてきたのは、あたしのほうじゃん？　あたしのほうこそ、朝陽くんに受け入れてもらえるか、毎日ビクビクしてたよ。今だってそう」

朝陽はハッと顔を上げる。

「でもあたしは朝陽くんが好きだよ？　陸たちだって朝陽兄ちゃんが大好き。朝陽くんはこの家にいてくれるだけでいいんだよ。いてくれないと困るの。これからもずっとさ」

目の奥が熱くなった。その途端、今日一日の出来事が、頭の中に洪水のように押し寄せてきて、もうなにがなんだかわからなくなった。

並んで歩いていた清史郎と六花の姿。

マスターから聞いた響子の訃報。

公園での六花との会話。

酔っぱらった大人から理不尽に絡まれたこと。

それを希美が助けてくれたこと。

朝陽の手をあたためる波留の手に、ぽたりと涙が落ちる。一度あふれたそれは、止めようと思っても止まらない。

「朝陽くん」

みっともなくぼろぼろと涙をこぼしながら、心の奥に閉じ込めてあった言葉を吐き出す。

「もう……捨てられたくない。捨てられるのが怖いんだ」

自分を置いて出ていった母の背中を、今でもはっきり覚えている。

忘れたくても忘れられない、忌々しい記憶。

だけど十七歳にもなって母のことが忘れられないなんて、恥ずかしくて誰にも言えなかった。

優しく微笑んだ波留が、朝陽の頭をそっとなでた。幼い弟や妹にするように。

「バカだね。捨てるわけないじゃん？　あたしもお父さんも陸たちも、朝陽くんを絶対捨てたりしない」

封筒を握った手に、力を込める。

「だからもっと、あたしやお父さんを頼って？」

波留の言葉がじんわりと胸に染み込む。

「なにもかもひとりで、頑張らなくていいんだよ？」

頑張らなくていい……。

胸につかえていたなにかが、すとんっと落ちた気がした。

「あっ、ママ、帰ってきた！」

家の中から、バタバタと子どもたちの足音が聞こえてくる。

「朝陽兄ちゃんもいる！」

「あれ、お兄ちゃん泣いてる？」

「うわ、泣いてる！　朝陽兄ちゃんが泣いてる！」

陸と海が騒いでいる。

うるさいって言い返したいのに、情けないことに声が出ない。

「お兄たん……大丈夫？」

空の心配そうな声も聞こえる。

朝陽は洟をすすりながら、ごしごしと目元をこすった。

そんな朝陽の頭を、波留がいつまでも優しくなでてくれた。


週明けは、朝からどんよりとした曇り空だった。最後の授業が終わるころ、はらはらと雪が降り始めた。朝陽はスクールバッグを肩にかけると、いつもより念入りに首元にマフラーを巻きつけ、教室を出る。

「あーさひくん!」

部活に行く生徒の間を抜け、昇降口に向かっていたら、清史郎が声をかけてきた。立ち止まることのない朝陽の肩に、いつものように手を回してくる。

「今日もバイト?」

バイトはしばらく休みになった。マスターから「当分店は臨時休業とする」「響子の葬儀は家族のみで行うことになった」と連絡があったのだ。

黙ったままの朝陽に、清史郎がかまわず話し続ける。

「お前すっごい働いてるよな。ずいぶん金、貯まってるんじゃね?」

「早く家を出たかったから」

「へ?」

朝陽は前を見たままつぶやく。

「金を貯めて、早くあの家を出たかったんだ」

「へぇ……」

「でも」

何気なく手を開く。あの夜、波留に握られた感触が思い出される。

「なんかよくわからなくなった」

「なんだそりゃ。将来のことはちゃんと考えないとダメだぞ？　朝陽くん」

「お前に言われたくないわ」

昇降口に着くと、清史郎を振り払い、靴を取り出す。

「この前……」

靴を履き替えながら、つぶやいた。

「うん？」

「六花と話したのか？」

清史郎がきょとんとした顔をする。

「言ってただろ？　六花に話したいことがあるって」

「ああ、あれな」

清史郎はふっと笑って、朝陽に言う。

「あれは内緒だ」

「は？」

「俺が六花ちゃんとした会話を、いちいちお前に話さなきゃいけないのか？　お前にそんな権利はあるのか？」

「それは……」

あるわけない。

「わかったよ」

「お？　今日はやけに素直じゃん」

にやにや笑っている清史郎から、顔をそむけ、外へ向かう。

「おおっ、けっこう降ってきたなぁ！」

廊下に立つ清史郎が、昇降口から外を見て言った。見ると校舎の前の木が、すでにうっすらと白くなっている。

「積もるかな？　積もったら雪合戦やらね？」

「やるわけないだろ。いいから早く部活行けよ」

ジャージ姿で、寒そうに両手で腕をさすっている清史郎に言う。清史郎はあいかわらずへらへら笑っている。

なんでこいつはいちいちここまでついてくるんだろう。体育館に行くには遠回りのはずなのに。

「じゃあ、またな」

「おお！　またな、朝陽！」

笑いながら手を振っている清史郎に背中を向けて、朝陽は雪の中へ一歩踏み出した。


速足で商店街を歩いていると、朝陽はあることに気がついた。

「え？」

しばらく休むと言ったはずの『カフェ　ナリミヤ』に灯りがついているのだ。

近づいて店内をのぞいてみる。ドアには『本日休業』というプレートがかかっていたが、中には人影が見えた。

少し迷ったあと、朝陽はドアに手をかけた。鍵はかかってなく、ドアを開くといつものベルが鳴り響いた。

「マスター……」

カウンターの向こうには、いつものようにマスターが立っていた。

朝陽に気づくと、優しく笑いかけてくる。

「やあ、朝陽くん。よかったらコーヒーでも飲んでいかないかい？」

「あ……はい」

戸惑いながらも、朝陽は中に入った。

店内はあたたかく、穏やかな音楽が流れ、コーヒーの香りが漂っている。

いつもと同じ『カフェ　ナリミヤ』だ。

朝陽はマスターに勧められるまま、カウンター席に座る。

「なんだかね、家にいても落ち着かなくて……ついここに来ちゃったんだよね」

そうつぶやくマスターは、疲れ切ったような表情をしていた。

「響子のこと……六花ちゃんには伝えてくれた？」

「……はい」

うなずいた朝陽の前で、マスターが頬をゆるめる。

「ありがとう。いろいろ迷惑かけちゃって、すまなかったね」

「迷惑だなんて……そんな」

だけど大事な人を亡くしたばかりの人に、なんて声をかけていいのか、朝陽にはわからない。

マスターは淹れ立てのコーヒーを朝陽の前に置くと、その隣に腰かけた。

「どうぞ。飲んで」

「ありがとうございます」

ぺこりと頭を下げて、コーヒーを飲む。いつもと同じはずなのに、なんだかほろ苦い。

マスターは窓の外を見て、静かにつぶやく。

「雪、降ってきたでしょう?」

「はい」

「だから余計に、あのころのことを思い出しちゃってね」

マスターがカウンターの上にスマホを置いた。画面には一枚の風景が表示されていた。

「あっ……」

朝陽は思わず声を上げる。

そこに写っていたのは、雪景色の中に立つ、白い雪をまとった一本の立派な桜の木だったから。

「マスター……これって……」

「ああ、ここがね、この前話した、響子に告白した場所なんだよ」

ここが……マスターたちの思い出の場所。

「なんだか懐かしくなっちゃってね。さっきからずっと、眺めていたんだ」

朝陽の心臓の動きが、ドキドキと高まった。

「あの年は雪の多い年でね。桜の木には真っ白な雪が積もっていて、まるで白い花が咲いているみたいだった」

希美が言っていた風景と同じだ。

「マスター……この場所って……どこにあるんですか？」

マスターは少し不思議そうな顔をしたあと、優しく教えてくれた。

「ああ、これは僕の故郷の長野県だよ」

「長野……」

「住んでた町の近くに、この一本桜があって……僕が高校生のころ、この木は有名だったんだよ。あ、有名といっても、地元の高校生の中だけだけどね。これは一昨年、響子と行ったときに撮った写真なんだ」

マスターが懐かしそうな顔つきで画面を見下ろす。

「この木の下で告白すると想いが届くなんて言われていてね。僕はその奇跡を信じて、ここで響子に告白したんだ」

「告白すると想いが届く……」

なんとなく『約束の場所』としっくりくる。いや、なんだかもう、ここしかないような気さえしてきた。きっと希美はこの場所に、彼を呼び出した。そして彼の待つこの場所へ、どうしても行きたかった。

「ここ……希美さんが探している場所のような気がする」

「希美さんって……六花ちゃんの中にいるドナーの子？」

マスターの声にうなずいた。

「あの……マスター。その写真、俺のスマホに送ってもらってもいいですか？　希美さんに見せたいんです」

マスターが納得したようにうなずいた。

「それからだいたいでいいんで、場所も教えてもらえますか？」

「じゃああとで地図も送るよ」

マスターが桜の木の画像を朝陽のスマホに送ってくれた。朝陽はそれをじっと見下ろす。

「この木の下で告白すると想いが届く、か……」

きっと希美はここで、告白しようとしていたんだ。

希美の大切な人に。


それから朝陽はマスターと一緒にコーヒーを飲んだ。

マスターはぽつぽつと響子の思い出話をして、朝陽はそれを静かに聞いていた。

やがてマスターが家に戻ると告げ、朝陽も席を立ち、店の前で別れた。

家に着くころ、雪の降り方が激しくなってきた。朝陽は背中を丸め、速足で歩く。

早くあの写真を希美に見せたい。希美はどんな反応をするだろう。

ポケットに手を突っ込み、スマホを握りしめる。

「あっ、朝陽くん！」

二軒並んだ家が見えてきたとき、声がかかった。朝陽の家の前に、ふたりの女性が立っている。波留と、六花の母親だった。

「ねぇ、朝陽くん！　六花見なかった？」

駆け寄ってきたのは六花の母だ。上着も着ないで飛び出してきたみたいに見える。ずいぶん慌てているようだ。

「いえ、見てませんけど」

「部屋にいないのよ。靴もないから、外に出たみたい。わたしになにも言わないで出かけることなんて、今までなかったのに……」

おろおろしている六花の母のそばで波留が言う。

「それでうちに来てるんじゃないかって聞かれたんだけど、来てないんだよね……」

朝陽は空を見上げた。白い雪があとからあとから降ってくる。

きっとこの雪を見て、希美がまた外へ飛び出したんだ。

以前雪が降ったとき、ひとり公園を見つめてたたずんでいた希美の姿を思い出す。

あのときも、そのあとも、バレずに家に戻っていたけど、今日は母に気づかれてしまったのだろう。

「俺、のぞ……いや、六花が行きそうなところわかるんで、捜してきます」

「朝陽くん……」

「おばさんは家で待っててください。行き違いになって、六花が戻ってくるかもしれないから」

「え、ええ……頼むわね、朝陽くん」

六花の母が、すがるように朝陽を見ている。

朝陽はうなずくと、制服姿のまま、今歩いてきた道を引き返した。

雪はしんしんと降り続いていた。住宅地の植木や道路の端が、みるみるうちに白く染まっていく。

朝陽はその中を走って、近くの児童公園へ向かった。さっき通ったときは気づかなかったけど、もしかして公園の中に希美はいたのかもしれない。

しかし――。

「……いない」

つぶやいた声と一緒に、白い息が吐き出された。

いると思ったのに。この前みたいにここで、雪を見つめていると思ったのに。

『……行かなきゃ』

何度も聞いた、希美の声が耳に聞こえる。

『早く……行かなきゃ……』

もしかして今から行こうとしている？　場所もわからないくせに、どうやって行くつもりなんだよ。

ポケットからスマホを取り出し、かじかんだ手で六花のスマホにメッセージを送る。

【今どこにいる？】

一秒、二秒、十秒、三十秒……一分。いつも一瞬で既読になって戻ってくる返事が、なかなか来ない。

朝陽は公園を飛び出し、とりあえず駅に向かって走る。

あたりは薄暗くなっていた。空気が凍りつくように冷たい。

『今夜は都心でも雪が積もるかもしれません』

朝聞いた気象予報士の声が、なぜか頭に浮かぶ。

もしかして今日の天気予報は、当たるかもしれない。

最寄りの小さな駅は、いつも以上に混雑していた。めったに降らない雪の影響で、ダイヤが大幅に乱れているらしい。改札口は帰宅客でごった返していて、駅前には迎えにきた車や、タクシー待ちの人の行列ができていた。

「希美さん……」

改札口まで来て、あたりを見まわす。多くの人が出入りする中、それらしい人影を必死に捜す。

どこにいるんだ？　まさか電車に乗ってしまったんじゃ……。いや、やっぱりここじゃないのかも？　じゃあどこに行ったんだ？

混乱している人たちと同じように、朝陽も混乱していた。

スマホを取り出す。さっき送ったメッセージに既読の文字は現れない。

【どこにいるんだよ！】

すがるようにメッセージを送ってから、朝陽はハッと気づく。

見慣れたコートを着た少女が、改札口に入ろうとしている。

あれは六花だけど六花じゃない。希美だ。

「希美さん！」

改札口に入る直前で、その腕をつかんだ。

「希美さん、待てよ！」

希美は朝陽に振り返り、強い視線を向ける。

「行かせて」

「だめだ」

つかんだ手に力を込めて、自分のほうへ引き寄せる。

「彼に会いたいの。会って伝えなきゃいけないことがあるの」

「わかってる」

「早く行かなくちゃ。わたしが彼を呼び出したんだもん」

「落ち着いて。希美さん！」

朝陽は希美の前に立ち、両肩をつかんだ。希美がハッとした顔をする。

「わたし……どうしてこんなところに……」

朝陽は希美に向かって言った。

「ごめん、希美さん。遅くなって」

希美が戸惑うように朝陽を見つめる。朝陽はその目を真っ直ぐ見て告げる。

「でも見つけたんだ」

「え……」

朝陽は持っていたスマホで、マスターの故郷のあの一本桜の画像を見せた。

「希美さん、この場所に見覚えはない？」

「ここは……」

「希美さんはここで、彼に告白しようとしてたんじゃないの？」

希美がじっと画面を見つめる。

ふたりのそばを、人々が慌ただしく行き交っている。

構内にはひっきりなしに、アナウンスが流れ続ける。

「冬馬《とうま》……」

やがて希美の瞳から、ぽろっと一粒、涙がこぼれた。

やっぱりここなんだ。

朝陽はスマホを持つ手に力を込める。

「思い出したんだね。場所も……彼の名前も」

希美が朝陽を見上げる。

でも場所がわかったからって、そこに今も冬馬という人がいるはずはない。やみくもに行ったってだめなんだ。

朝陽は言い聞かせるように、希美に向かって話す。

「だけど今夜は家に帰ろう。おばさんが心配してる。そしてちゃんと、これからの計画を立てよう。俺がこの場所に、希美さんを連れていくから」

希美は素直にうなずいた。

「ありがとう。朝陽くん。嬉しい……」

そうつぶやいた途端、希美の体がふらっと崩れた。

「希美さん！」

倒れそうになった体を咄嗟に支える。

しかし次の瞬間、希美の顔つきがすっと変わった。

「朝陽……?」

驚いたように目を見開き、朝陽の顔を見上げているのは——。

「六花……」

戻った……いつもの六花に。

探していた場所が見つかって、気がゆるんだせいで、六花に戻ってしまったとか?

「あたし……」

六花が周りを見まわし、体を震わせる。どうしてここにいるのか、わかってないのだろう。

「電車に……?」

「電車に乗ろうとしてたんだよ」

朝陽は六花の前でうなずくと、その目を見つめて言った。

「俺、全部話すよ、六花に。ショックかもしれないし、信じられないかもしれないけど……」

六花がぎゅっと唇を結んだ。

ごめん。希美さん。でもやっぱり六花も、知っておいたほうがいいと思うんだ。

希美さんは、六花にとって、命の恩人なんだから。

六花はじっと朝陽を見上げている。その顔を真っ直ぐ見ながら口を開いた。

「今、六花の中に、六花を救ってくれた人がいるんだ」

「え……」

「六花に心臓を提供してくれた人だよ」

目を見開いたあと、六花が両手を口元に当てる。

「その人……希美さんっていうんだけど……希美さんが六花の体を借りて、たったひとつだけ、願いを叶えたいって言ってる。『約束の場所』に行って、大切な人に大事なことを伝えたいって。それを叶えたら……消えるからって」

駅の構内にまたアナウンスが流れる。雪の影響で電車の運休が決まったらしい。

「……信じられないと思うけど」

六花はなにも言わなかった。ただじっと朝陽の顔を見つめている。

やがてすっと目をそむけると、それからひと言も話さなくなった。

人混みから少し離れた場所で、朝陽は波留にメッセージを送った。これから六花を連れて帰るから、六花の母に伝えてほしいと。

「六花……帰ろう」

さっきから黙ったままの六花が、ひとりで歩き出す。朝陽は少し後ろをついていく。

雪はまだ降り続いていた。

朝陽は六花の背中を見つめ、頭の中で考える。

六花は、おかしなことを言い始めた朝陽のことを、怒っているんだろう。

自分の中に別の人間がいて、勝手に体を使われているなんて……信じられないに決まってる。

もうだめだ。今度こそ、完全に嫌われた。

歩き慣れた道が、白く染まっている。いつもの道なのに、知らない道を歩いているようだった。

灯りのついていない『カフェ　ナリミヤ』の前を通る。駅から離れるにつれ、人のざわめきも、車の行き交う音も消えていく。

ついたばかりの六花の足跡をたどるように、朝陽は黙って歩いた。

ふたつに結んだ六花の髪に、雪が落ちる。コートの肩も、白く染まる。

朝陽はぼんやりとその背中を見ながら思った。

綺麗だな……。雪は嫌いだったはずなのに。

街灯の灯りだけがぼんやりと灯る中、降り続く雪が、すべてを白く覆っていく。

あたりは静まり返り、ふたりの雪を踏む音しか聞こえなくなった。六角形をした雪の結晶が、空気の振動を吸収していると聞いたことがある。

その静けさは、まるでこの世界に、六花と自分だけしかいないようにさえ感じた。

背中を丸めた六花が、手のひらにはあっと息を吐きかけた。今日はあの白い手袋をつけていなかった。

朝陽は少しためらいながらも、肩にかけていたバッグから袋を取り出す。ずっと入れっぱなしだった、リボンでラッピングしてある袋だ。

それを手に握りしめると、一歩踏み出し、思い切って六花に声をかけた。

「これ、使って」

六花が足を止め、朝陽を見る。

「今だけ使って。帰ったら捨てていいから」

朝陽が無理やり、六花の手に袋を押しつける。六花は朝陽の顔と袋を交互に見たあと、おそるおそるリボンをほどいた。

「あ……」

袋の中から取り出したのは、雪の結晶がデザインされた赤い手袋だった。

「合格発表の日に渡しそびれたやつ。手袋はもう持ってるからいらないだろうけど、今だけ使って」

それだけ言うと、朝陽は六花を追い越し速足で歩き出す。

「待って！」

そんな朝陽に六花の声がかかった。

「ありがとう。朝陽」

背中を向けたまま、足を止める。六花の声が雪の中に響く。

「大事にする。響子さんがくれた手袋も。朝陽がくれた手袋も」

そっと振り返ると、六花が片方の手に手袋をはめた。とても大切そうに。そして朝陽の隣に並び、もう片方の手袋を差し出す。

「こっち、朝陽が使って」

「え?」

戸惑っている朝陽の片手に、六花が無理やり手袋をはめた。

「なんでだよ、それじゃ六花が……」

「こうしようよ」

手袋をつけていないほうの手で、六花が朝陽の手を握った。冷え切った手に、六花のぬくもりが伝わってくる。

ああ、このぬくもりは、六花のもので間違いない。

なんだか六花に、久しぶりに触れた気がした。

「朝陽の手だって、冷たいよ? 我慢しないで?」

朝陽はうつむいた。どうしようもなく、胸が苦しい。

「俺……六花にひどいこと言った」

「……うん」

六花がうなずいたのがわかる。

「それに今までもずっと、ひどいことしてた」

自分の声が震えている。

「六花に頼りにされたくて……六花に捨てられたくなくて……そのためだけに、いい人ぶってた。六花のためじゃなく、全部自分のためだったんだ」

思い切って顔を上げ、六花に向かって言う。

「本当にごめん」

じっと朝陽を見つめた六花が、静かに口を開く。

「でもあたしは嬉しかったよ？　どんな理由でも、朝陽に優しくされて」

目の奥がじんわりと熱くなる。どうしたらいいのかわからなくなって、六花から顔をそむける。

「ねぇ、朝陽？」

隣から六花の声が聞こえる。

「あたし信じるよ」

「え？」

「朝陽がさっき言ったこと」

六花はそっと手を動かし、左胸に当てた。そして静かに目を閉じる。

「ごめんなさい……」

目を閉じたまま、六花が祈るようにつぶやいた。

「そんな大事なことに……今まで気がつかなくてごめんなさい」

「六花……」

六花はきっと、希美に謝っているんだ。

目を開いた六花が、涙をこぼしながら朝陽に告げた。

「あたし、もっとしっかりしなくちゃって思ってて……大切な心臓をもらったんだから、早く元気になって、なんでもひとりでできるようにならなきゃって……朝陽にも頼らないで、今度は自分が誰かのためになりたいって、そう思ってたのに……」

六花がごしごしと涙を拭う。

「だめだね、あたし。命の恩人の頼みにさえ、気づいてあげられなかったなんて……」

「そんなの気づかなくて当たり前だよ」

希美は六花の行動を見ていることができるけど、六花側からはなにもできないのだから。

「でも大丈夫。俺がその人の願いを叶えるから。六花は少しだけその人に、体を貸してあげてほしい」

六花は涙でぐしゃぐしゃな顔で、朝陽に向かってうなずく。

「あたし力になりたい」

つながった六花の手に、力がこもる。

「あたしを助けてくれた人のためなら、なんでもするよ？」

ゆっくりと顔を向けると、真っ直ぐこっちを見ている六花と目が合った。

六花の視線に迷いはなかった。六花はもう、朝陽がいないとなにもできない、体の弱い女の子じゃない。

「あたしの体でよければ、いくらでも使ってほしい」

「六花……」

「だから朝陽は、その人の願いを叶えてあげて？」

白い雪が降り続く中、朝陽は六花の顔を見つめながら思った。

強くなりたい。六花と同じように、自分ももっと強くなりたい。

大切な人たちを、少しでも安心させてあげられるようになりたい。

静かに微笑んだ六花が、ゆっくりと歩き出す。朝陽も六花と手をつないだまま、並んで歩いた。

第四章　君のいない世界で

「昨日はごめんね？　勝手なことして」

翌日の放課後、朝陽は六花の部屋に来ていた。昨日会った六花のことも希美のことも、どちらも気になっていたから。

そして部屋で朝陽を待っていたのは、希美のほうだった。

「雪を見てたら、早く行かなくちゃって気持ちになっちゃって。気づいたら駅にいたんだよね……」

窓の外は、昨日の雪が嘘のような冬晴れだった。わずかに積もった雪も午後にはほとんどとけてしまい、泥まみれの雪が、道路の端や陽の当たらない場所に残っているくらいだ。

困った表情の希美の前で、朝陽は首を横に振る。

「俺こそごめんなさい。希美さんのこと、六花に全部話しちゃった」

希美は黙って朝陽を見ている。

「やっぱり六花には知っていてほしくて。だって希美さんは六花にとって、命の恩人なんだし」

「命の恩人って……なんか照れるね」

希美がちょっと照れくさそうに頭を掻く。

「六花はなんでもするって言ってました。希美さんのためなら」

「……うん」

希美が静かにうなずく。

「ありがとう……って六花ちゃんに伝えてね？」

そう言って微笑んだ希美に、もう一度マスターにもらった画像を見せた。

「ここに、行こうと思います」

希美が桜の木の画像をじっと見つめる。

「この写真、マスターにもらったんです。マスターの故郷の長野なんだって」

「長野……」

「希美さんの故郷も、長野なんじゃない？」

希美はハッとした表情をする。

「そう。わたし思い出したんだ。ここで冬馬と会う約束をしたの」

そして一本桜を指さして言う。

「ここは地元では有名な場所だったの。この木の下で告白すると想いが届くって言われていたんだ」

やっぱり間違いない。ここが『約束の場所』なんだ。

「俺、この場所のこと調べたんだけど、新宿から電車で四時間くらいで行けるんです。日帰りも可能かと。でも俺とふたりで行くっていっても、きっと六花の両親は納得してくれないと思う」

「うん……そうかもね。六花ちゃん、元気になったっていっても、そんな遠くまで出かけたことないもんね」

希美がはあっとため息をつく。朝陽はそんな希美を見つめてつぶやく。

「だからマスターを誘ってみようと思います」

「え？」

「マスターなら大人だし、大人と一緒なら行かせてくれるんじゃないかな？」

「でもマスターは今……大変でしょ？」

朝陽はスマホの画面に映っている、一本桜を見つめる。

「きっと行ってくれると思う」

希美が首をかしげる。

「あそこはマスターと響子さんにとっても思い出の場所なんです。毎年三月三日にはふたりで出かけてたんだけど、去年は行けなくて……今年はふたりで行きたいって言ってた」

結局今年もふたりでは行けなかったけど……でもマスターはあの場所に行きたいんじゃないかと思った。

「三月三日？」

希美の声に朝陽がうなずく。

「高校の卒業式の日だったんです。卒業式のあと、マスターはあそこで響子さんに告白したんです」

「わたしと同じだ」

「え？」

朝陽が目を見開いて、希美を見る。

「わたしたちは卒業したら、同じ大学に行くって約束してた。そしてふたりとも東京の大学に合格して……卒業式の日、わたしは冬馬を呼び出したの」

心臓がドクンッと動く。

やはり希美はあの場所で冬馬に……。

『この木の下で告白すると想いが届くなんて言われていてね』

想いを告げるつもりだったんだ。

「でも……」

その声に顔を上げる。希美が青ざめた顔でつぶやく。

「わたしはそこへ行けなかった」

六花が移植手術を受けたのは、去年の三月。脳死状態となった人から心臓を提供してもらった。おそらく希美は、冬馬に会いにいく前に……。

朝陽は希美に向かって言った。

「じゃあその日に会いにいこう」

希美が朝陽の顔を見る。朝陽の頭にマスターの声が浮かぶ。

『卒業式があった三月三日は、毎年響子と告白した場所を訪れていたんだ』

ふたりにとって大事な思い出の日なら、きっと今年もその場所に来る。

「俺、思うんです。冬馬さんにとっても、その日は大切な日になってると。一年前果たせなかった約束の場所に、冬馬さんは来てくれるんじゃないのかな」

希美は黙ってうつむいた。

「来てくれるかな……約束を破ったのは、わたしのほうなのに」

「来るよ」

朝陽は力強く答える。

「会えなかった冬馬さんに、伝えたいことがあるんでしょ？　だったら会いにいこう。一年遅れちゃったけど」

希美がうなずく。

「そうだね。冬馬は優しいから……きっとその日なら、わたしを待っててくれる」

朝陽は六花の部屋のカレンダーを見る。

三月三日──それはもう三日後だ。

「行こう。希美さん」

朝陽は六花の中の希美を見つめて言った。

「伝えたいことを伝えに」

希美が安心したように微笑んだ。

この笑顔が希美のものでも、六花のものでも──今度こそ自分のためじゃなく彼女のために、なんとかしてあげたいと思った。


「三月三日に、あの桜の木の下か……」

「はい」

翌日の放課後、休業中の『カフェ　ナリミヤ』で、朝陽はマスターと向き合っていた。

「こんなときにこんなこと頼んだら、いけないのかもしれないですけど……」

マスターがふっと笑って、カウンター席に座っている朝陽にコーヒーを差し出した。いつもの香りが優しく漂って、なんだか安心する。

「珍しいね。朝陽くんが人に頼み事をするなんて」

「え……」

「いつも誰かに頼ったりしないでしょう？」

顔を上げると、マスターがにこにこと微笑んでいた。

「朝陽くんの頼みだったら、聞かないわけにはいかないね。それに『なにか僕にできることがあれば協力するよ』って言ったしね」

「あ、いや、無理だったら無理って言ってください。今はそれどころじゃないかもしれないし、今あの場所に行くのはマスターにとってつらいことかもしれないし……」

「そうだね。でも約束したからね」

「約束……」

マスターが自分のコーヒーを一口飲んで、静かにうなずく。

「響子とね、今年こそは一緒に行こうって、最後にもう一度病院で約束したんだ。まぁ、僕だけになっちゃったけど、響子は僕といつも一緒だから」

そう言って微笑むマスターの顔が見られなくて、朝陽はうつむいた。ゆらゆらと揺れるコーヒーの色を見下ろしながら、奥歯を噛みしめる。

「ぜひ僕も、お供させてもらえたら嬉しいよ。ね、朝陽くん」

「……ありがとうございます」

マスターが手を伸ばし、朝陽の頭にぽんっとのせた。

「無事に会えるといいね。彼女の大切な人に」

「……はい」

朝陽はマスターの前でうなずいた。


店を出て、少し歩いたところで朝陽は立ち止まった。

「よっ！　お疲れ！　朝陽くん！」

「希美さん？」

朝陽は慌てて希美に駆け寄る。

「なにしてるんですか！　こんなところで！」

「迎えにきてあげたんだよ。そろそろ帰ってくるころだと思って」

「迎えになんかこなくていいです！　風邪ひいたらどうするんですか！　それにまたおばさんに見つかったら、大騒ぎになります！」

希美がふふっと笑って言う。

「大丈夫だよ。今日はちゃんと『朝陽を迎えにいってくる』って伝えて、許しを得たから。それに見てよ、このかっこ」

ニットの帽子をかぶった六花は、両手につけた赤い手袋を見せながら、くるりと回る。首に巻いたマフラーと、コートの裾がふわりと揺れた。

「完全防備だから、心配しないで！」

たしかにこの姿なら大丈夫かもしれない。

「それより朝陽くんのほうが寒そうだよ」

希美の手が朝陽くんの手を取った。冷え切った手が、手袋のぬくもりに包まれる。

「人のことは心配するのに、自分の心配はしないでしょ？」

希美が怒った顔をする。

「朝陽くんは手袋持ってないの？」

「べつにいらないんで」

「ほら、六花ちゃんにはあげるくせに、自分のことはほったらかしなんだから」

「いいんです。俺は小一の冬以来風邪ひいたことないし、ちょっとくらい寒くても平気な体なんだ」

「またやせ我慢してー」

希美がぎゅっと強く、朝陽の手を握った。

「よし。次のクリスマスは、手袋をプレゼントするね」

「次のクリスマスって……何か月先ですか」

「あ、そっか。そのころにはわたし、もういないね」

おどけた表情で舌を出す希美から、朝陽はさりげなく手を離す。

住宅街は静まり返っていた。ぼんやりと灯る街灯の下で、朝陽は希美に話した。

「三月三日、マスターも一緒に行ってくれることになりました」

希美が朝陽の顔を見る。

「六花の両親にも話してくれるんで」

「なんて？」

「合格祝いとして、俺が六花を連れてどこか出かけたいって言ったら、その地方に詳しいマスターが、付き添ってくれることになった、と」

「納得してくれるかな？　六花ちゃんのご両親」

「大丈夫です。マスターとは知り合いだし、俺も六花の両親に信頼されてるし」

「たしかに朝陽くんは信頼されてるよねぇ。六花ちゃんのお父さんにもお母さんにも」

希美がまたふふっと笑う。そしてちょっと真面目な口調でこう言った。

「ありがとうね。朝陽くん」

朝陽はなにも言わずに前を向いた。なんて言ったらいいのかわからなかったからだ。

「朝陽くんのことは、忘れないからね」

希美の声が胸に染み込む。

あと少し。あと少しで願いが叶えば、希美は……。

朝陽の頭に、希美と過ごした短い日々が思い浮かぶ。

会うたびに振り回されていた気もするけど、会えなくなるのはやっぱり寂しい。

「あの……」

朝陽の声が冷たい空気の中に響く。

「どうにかならないのかな……」

気づけば朝陽はつぶやいていた。

「希美さんも六花も……つらい思いをしないですむ方法って……ないのかな」

希美はじっと朝陽の顔を見てから、静かに笑った。

「ないよ。そんなの」

希美の声が胸に刺さる。

「大丈夫。わたしはつらくなんかないよ。わたしの命が六花ちゃんに引き継がれて、六花ちゃんが幸せになれるなら、わたしは全然つらくない」

朝陽の目に、希美の笑顔が映る。でもその笑顔はどこかぎこちなくて……。

嘘だ。朝陽は思った。

こんな状況になって、つらくないわけはない。いつも明るくて、しっかり者の希美だけど、朝陽とそんなに年齢の違わない、普通の女の子なんだから。

「希美さんは……演技が下手ですね」

「え？」

希美の手をぎゅっと握る。その手はかすかに震えていた。

たしかに希美の言うとおり、なにもかも上手くいく方法なんてない。

だったら希美の心が、少しでも落ち着きますように。

そう願いながら、手を握る。

今、こんな自分にできることは、このくらいしかないから。

「俺も……」

朝陽は顔を上げ、真っ直ぐ希美の目を見て言った。

「俺も忘れないから。希美さんのこと」

ふたりの間を冷たい風が吹き抜けた。

希美が微笑む。今にも泣き出しそうな顔で。

「ありがとう。朝陽くん」

そして次の瞬間、希美の体がぐらりと揺れた。

「希美さん？」

慌てて体を支え、希美の顔を見る。そのときハッと気がついた。

「六花？」

さっきまで希美だったその顔が、驚いたように目を見開いている。

「朝陽……あたし……」

「六花。びっくりしたよな？　ごめん」

「なんで朝陽が謝るの？　あたし今、希美さんだったんでしょ？」

「……うん」

六花が朝陽に笑いかける。

「大丈夫だよ、あたしは。希美さんに体を貸すって約束したんだから」

心を決めたような六花に、朝陽は言う。

「でももうすぐ、希美さんの行きたかった場所に行けるんだ。そこで大事な人に会えたら、希美さんは……」

声を詰まらせた朝陽の手を、六花がそっと握った。

「朝陽……大丈夫？」

「……うん」

六花が静かに微笑んだ。その笑顔は、自分よりもずっと大人びて見えて。

「ねぇ、朝陽。希美さんって、どんな人なの？」

「え……希美さんは……」

朝陽は少し考えて答える。

「いつもうるさくて、強引で、自分勝手で、人のこと振り回してばかりいて……」

六花がくすっと微笑む。

「でも明るくて、しっかり者で、優しくて……すごく強い人だと思う」

六花がうなずいて、左胸に手を当てた。そして静かにつぶやく。

「かっこいい人だね」

六花の手を握りしめ、朝陽はうなずいた。

「うん。すごくかっこいい人だよ」

目を開いた六花が、優しく微笑んだ。

きっと今、六花の中の希美が、照れくさそうに頭を掻いていることだろう。

「帰ろう。朝陽」

「……うん」

手をつないで、六花と歩く。

なんだか今日は、この手をずっと離したくない気分だった。


そしていよいよ三月三日の朝が来た。

今日朝陽は、希美とマスターと一緒に、希美と冬馬の『約束の場所』へ行く。

けれど冬馬がそこで待っているという確証はない。今日行けば会えるんじゃないかという予感だけだ。そんなあいまいな状態で長野まで行くなんて、バカげていると思う。しかもこんな寒い日に。学校を休んでまで。

それでも希美が行きたいなら、連れていってあげたい。

六花の両親を説得してくれたのはマスターだ。

六花の体を心配して、あまり遠出をさせたくない母だったが、マスターと朝陽が一緒なら、快くふたりを見送ってくれた。

やがて『カフェ　ナリミヤ』が見えてきて、店の前にマスターが立っていた。

いつも蝶ネクタイに黒ベストのマスターが、ニット帽をかぶってダウンジャケットを着込み、着ぶくれしている。こんなマスター、なんだか新鮮だ。

「おはよう、朝陽くん、六花ちゃん……いや、今日は希美ちゃんなのかな？」

「はい。まぎらわしくて、すみません」

そう答える希美の隣で、朝陽はホッとしていた。肝心な今日という日に、もし六花のままだったらどうしようと、ほんの少し心配していたのだ。

そんな朝陽にマスターが尋ねた。

「六花ちゃんには話したんだよね？　希美ちゃんのこと」

「はい。六花も希美さんの力になりたいって言ってました」

マスターは静かにうなずき、しみじみとつぶやいた。

「きっと六花ちゃんの、希美ちゃんを助けたいという気持ちと、希美ちゃんの、想いを伝えたいという気持ちが重なり合って、こんな奇跡を引き起こしたんだろうね」

穏やかに微笑むマスターの前で、朝陽と希美は頭を下げた。

「今日は一日、よろしくお願いします！」

「こちらこそ、よろしくね。じゃあ、行こうか」

駅に向かって、マスターと希美がゆっくりと歩き出す。

ふと見上げた東京の空は晴れていた。

なんだか今日は、上手くいきそうな気がする。

朝陽は朝の空気を深く吸い込むと、乾いた路面を蹴ってふたりのあとを追いかけた。


新宿から乗った特急電車の中で、希美はよみがえってきた記憶を、朝陽とマスターに話してくれた。

「二両くらいの短い電車が走ってるんです。駅も小さくてかわいいの」

「僕が住んでたあたりもそんな感じだったよ」

マスターがうなずきながら言う。

マスターの故郷と希美の記憶の景色は、聞けば聞くほど一致していた。

「駅からバスに乗っていくと、高校があるんです。グラウンドがすごく広くて、遠くに高い山が見えるの。そこから少し歩いた小さな丘の上に、大きくて立派な桜の木が一本立っているんです」

「そこが希美ちゃんの『約束の場所』なんだね？」

「はい」

マスターがまたうなずいている。

すると今度は希美が身を乗り出し、マスターに尋ねた。

「マスターの一本桜の思い出、聞かせてもらえますか？」

希美の声にマスターが照れくさそうに答える。

「こんなおじさんの思い出話なんて聞いても、しょうがないでしょう？」

「いいえ。マスターのお話が聞きたいんです」

希美が真剣な表情でマスターを見つめた。マスターは目を細め、穏やかに話し始める。

「そうだねぇ。あそこはなにもない田舎だけど、とても美しい場所だよ」

マスターは懐かしそうに窓の外を眺める。

「あたたかい桜の季節や、爽やかな緑の季節もいいけれど、僕はやっぱり白い雪の季節が一番好きだね。東京では見られない、一面の雪景色が見られるからね」

電車の窓から、雪の積もった高い山々が遠くに見えた。朝陽は、マスターや希美の暮らしていた町を想像する。

「でも住んでいるときは気づかないものでね。こんな田舎、早く出たいといつも思ってた。だから卒業後の進路も東京の大学にしたしね。しかしこうやって離れてみると、その大切さがわかる。人間関係だってそうでしょう？」

　マスターが窓から視線を戻し、朝陽と希美を見た。

「だけどそれではだめなんだ。離れてから気づいたんじゃ遅すぎる。後悔しても、もう遅いからね」

　後悔しても、もう遅い。

　朝陽は膝の上の手を、ぎゅっと握りしめた。

「でもマスターは後悔なんてしてないですよね？」

　希美がマスターに向かって、はっきりと言った。

「ちゃんと伝えたいことは伝えていたし、響子さんのことを大切にしていました」

「そうかな……そうだといいんだけどね」

　困ったように頭を掻くマスターに、希美が続ける。

「響子さんはちゃんとわかってました」

　手を止めたマスターが、希美を見た。希美は小さく息を吐いてから、マスターを見つめて話し始める。

「六花ちゃんが最後に響子さんに会ったとき、話してくれたんです。昇くんと出会えて、好きだって言ってもらえて、付き合えて、結婚できて、一緒にお店を開けて、大切にしてもらえて……幸せだったって……」

マスターが戸惑うように口元を動かし、それからくしゃっと顔を崩した。そして手で顔を覆い、うつむいてしまう。

「……ありがとう。希美ちゃん。ありがとう」

マスターの肩が震えていた。希美が穏やかに微笑んでいる。なんだか胸がいっぱいになって、朝陽はさりげなくふたりから視線をそらす。

勇気を出して、想いを伝えたマスター。そのまま何年間もずっと、彼女を大切にし続け、彼女も最後までその想いに気づいていた。

彼女がいなくなっても、彼女はマスターの中で、ずっと生き続けるのだろう。

アナウンスが流れ、乗り換えの駅名を告げた。窓からは、雪が積もっている街並みが見えた。


乗換駅で、別の路線に乗り換えた。二両編成の車両を見て、希美が目を輝かせる。

「そう！　この電車！　いつもわたしが乗ってた電車だよ！」

三人を乗せた電車がのどかな風景の中を走る。嬉しそうに窓の外を見ている希美の姿に、どうしようもない想いがこみ上げてきて、朝陽はつぶやいていた。

「希美さんは……家族には会わなくていいの？」

希美が朝陽に視線を向ける。

「会うのは冬馬さんだけでいいの？　お父さんやお母さんには……」

「そんなこと言ってたらきりがないよ」

そう言って希美はにこっと笑った。

「もちろん両親には会いたいよ。たったひとりの妹にも、一緒に住んでたおじいちゃんおばあちゃんにも、飼っていた猫にも。友だちにだって会いたいし、部活の先輩や後輩、お世話になった先生……あー、考えたらきりがない！」

叫ぶように言ったあと、また希美は笑った。

「でも後悔はないから」

「後悔はない？」

「うん。家族とも友だちとも、わたしは精一杯生きてきた」

「すごいな……」

「でしょ？　わたしはすごいのよ」

自分がもし今、突然命を落としたとして、精一杯生きてきたと言い切れるだろうか。

いや、絶対言えない。というか、堂々とそんなふうに言える人のほうが少ないんじゃないだろうか。

「でも、たったひとつだけ、冬馬に会えなかったことだけは心残りで……」

一瞬目を伏せたあと、希美は朝陽に微笑みかける。

「だからこうやってここまで来れたこと、本当に感謝してる。朝陽くんにも、マスターにも、六花ちゃんにも……ありがとうね」

声を詰まらせた朝陽に、希美が告げる。

「冬馬に会えたら、わたしは消えるから」

朝陽はハッと顔を上げた。希美はいつもと変わらず、穏やかな表情で朝陽を見ている。

「希美さん……」

「いいんだよ、朝陽くん。こんな奇跡をもらって、これ以上望むことなんてないよ」

希美が手を伸ばし、黙り込む朝陽の頬をつまんで引っ張った。

「いてっ……」

「だから泣くなよ、朝陽くん！」

「泣いてませんって」

「最後は笑ってお別れしよう」

満足そうな顔つきの希美を見ながら思う。

この人にはやっぱり敵わない。

「かっこよすぎでしょ……希美さん」

希美はふっと笑うと、また窓の外に目を向けた。

隣に座っていたマスターが、朝陽の肩をぽんっと優しく叩いた。

やがて小さな駅に到着した。改札口を出ると、ひと気のないロータリーがあり、タクシーが一台停まっていた。

空は晴れ渡っていたが、空気が冷たく、あちこちに雪が積もっている。

マスターが言うにはこのあたりは雪の多い地域で、三月でもまだ雪が降ったり、積もったりすることがあるらしい。

「あ、あのポストも電話ボックスも変わってない！　懐かしいなぁ」

駅前の風景を見て声を上げる希美。だけど朝陽は切なくなる。

希美がここで暮らすことは、二度とないのだから。

「ちょうどいいバスがないから、タクシーで行こう」

マスターが腕時計を確認しながら、朝陽たちに言った。

ここから『約束の場所』まで、バスで十分程度らしい。しかしバスの本数は少なく、次のバスを待っていたら遅くなってしまう。日帰りで帰る予定の朝陽たちには、時間がないのだ。三人はタクシーに乗り込み、マスターの案内で『約束の場所』へ向かう。

車で少し走ると、周りに畑が広がり、さらにのんびりとした風景になってきた。窓から見えるのは、一面の雪景色。ネットの画像では何度も見ていたはずなのに、実際見るのとは全然違う。それはもう、朝陽の知っている雪ではなかった。

「こんな雪、初めてだ……」

ついつぶやいてから、隣を見る。希美はじっと窓の外を見ている。

希美はなにを思っているんだろう。なにを思い出しているんだろう。

「止めてください！」

そのとき希美が突然叫んだ。

「希美ちゃん？」

助手席に座っていたマスターが驚いて振り向く。

「ここで降ろしてください！」

「希美ちゃん、ここはまだ……」

「いいから降ろして！」

タクシーが止まると、希美が車から飛び降りた。朝陽が追いかけ、マスターもお金を払って降りてくる。

「希美さん、どうしたんだよ。まだ目的の場所じゃない……」

朝陽はその景色を見てハッとした。

フェンスの向こうに学校のグラウンドが見えた。一面雪で真っ白の、朝陽の学校よりもずっとずっと広いグラウンドだ。

「懐かしい……」

希美が目を細めてつぶやいた。

ああ、そうか。ここは希美が通っていた学校なんだ。

ちらりと校門に目をやると『卒業式』と書かれた看板が立っていた。

きっと今、学校の中では卒業式が行われているのかもしれない。

「冬馬とはここで勉強して、部活をして、行事に参加して、たくさん話した。友だちのことや趣味のこと、将来の夢も……わたしは冬馬と同じ大学に行けるよう、頑張って勉強したの」

「うん」

隣に立ち、希美の話を聞く。それはどこの学校にもいるような、普通の高校生の学校生活だった。

「些細なことで喧嘩もしたなぁ……わたしたちすごく似ているのに、だからこそ許せないところもあって……お互い負けず嫌いだったしね」

希美の頬がゆるむ。見慣れた六花の顔が、見たこともない希美の顔に見えてくる。

この場所で、当たり前の生活をしていた希美。朝陽と同じように高校に通って、勉強をして、友だちと話して……その当たり前だった毎日が突然終わってしまうなんて、きっと誰も想像していなかっただろう。もちろん希美自身も。

「卒業式の数日前にも、彼とくだらないことで喧嘩しちゃったんだ」

　そんな希美の顔から、すっと笑みが消えた。

「謝って仲直りしたかったくせに、意地を張ってしまってできなかった。でも思い切って卒業式の日に誘ったの。わたしが冬馬を。『卒業式のあと、あの場所で会おう』って」

　朝陽の胸が苦しくなった。そのあとの話を聞きたくないと思ってしまった。

「わたし、冬馬に謝りたかった。そしてちゃんと自分の気持ちを伝えようと思った。だから卒業式が終わってから、冬馬の待つあの場所に向かったんだけど……たどり着くことはできなかった」

　晴れ渡った青い空を見上げて、六花が言った。

「冬馬にまた謝ることが増えちゃったな……意地張った上に、あの場所で会う約束も守れなかったなんて……」

　希美の声が震えている。

「同じ大学に行くことも、夢に向かって励まし合うことも、冬馬のそばで力になってあげることも……全部できなくなっちゃった。だからわたし……」

　空から視線を下ろした希美が、隣に立つ朝陽を見た。

「冬馬に会って、伝えたいの。今の気持ちを」

　朝陽は希美の前で、しっかりとうなずいた。

「行こう」

もう迷いはなかった。

「冬馬さんに会いにいこう」

今は希美の、最後の願いを叶えてあげたい。

目の前に立つ、希美の唇が青ざめていた。朝陽は首のマフラーをはずすと、希美の首元にそっと巻いた。そして白い手袋のついた手を握ると、マスターのほうを見た。

「この道を真っ直ぐ進むと、ふたまたに道が分かれるから、坂道のほうを上って。少し歩くと一本桜に着くよ」

マスターが朝陽に教えてくれる。

「僕はあとからゆっくり行くから。先にふたりで行っておいで」

「ありがとうございます」

朝陽は頭を下げたあと、希美の顔を見て言った。

「行こう、希美さん」

希美が朝陽に向かって、力強くうなずいた。


学校前の道路を進んでいくと、マスターが言っていた分かれ道に着いた。真っ直ぐ続くのはのどかなバス通り。朝陽は希美の手を引いて、左側の雪が積もった細い道に進む。

周りは畑なのか空き地なのか、とにかく真っ白な雪原が広がっているだけ。その中のゆるい坂道を、朝陽は希美の手を引きながら上った。

もう少し進むと、あの一本桜が見えてくるはずだ。

冬馬はそこにいるような気がする。いや、きっといる。

『卒業式のあと、あの場所で会おう』

一年遅れてしまったけれど、自分だったらここに来る。同じ学校で同じ時間を過ごして、一緒に夢を追いかけていた子に、もう一度会いたいと願って……きっとここに来る。

そしていつまでもずっと、彼女が自分に会いにきてくれるのを待つのだ。

そのときふと、希美が立ち止まった。足元を見下ろし、ぽつりとつぶやく。

「この足跡……」

「え？」

見ると、雪の上に足跡が真っ直ぐ続いている。朝陽たちが向かおうとしている方向へ。

「……冬馬」

希美の声が、白い息とともに吐き出された。手袋をつけた手が離れ、立ちつくす朝陽を残し、雪を踏みしめ走り出す。

「希美さん！」

朝陽も急いで、そのあとを追いかける。

冷たい風が吹き、積もった雪が吹雪のように舞い上がった。思わず腕で顔を覆い、目を閉じる。そして目を開いた瞬間、そこに幻想的な景色が広がった。

真っ青な空。雪をかぶった白い山。どこまでも続く雪原。その中に立つ一本の大きな木。

そしてその木には、真っ白な花が咲き乱れていた。

「桜……」

朝陽はつぶやく。

「桜が咲いてる……」

いやこんな季節に桜が咲くわけはない。あれは雪だ。桜の木の枝に雪が積もっているだけ。頭の中ではわかっているはずなのに、それは満開の桜の木のように見えた。

「冬馬！」

希美の声が、静まり返ったあたりに響いた。

桜の木の下には、ひとりの男が立っていた。その男がハッと顔を上げ、希美を見つめる。

希美は雪の中に足跡を残して進み、なんの迷いもなく男の前に立った。男が不思議そうに希美……いや、六花の顔を見ている。

桜の木の下で、しばらく見つめ合うふたり。朝陽は息を呑んで、その光景を見守る。

やがて男が静かに口を開いた。

「……希美？」

希美が今にも泣き出しそうな表情で、それでも優しく微笑んだ。

「そうだよ。希美だよ」

朝陽の耳にその声が響く。

「ごめんね、冬馬。遅くなって」

目の前の男――冬馬が、じっと希美の顔を見つめる。やがてなにもかもわかったような表情で、口を開いた。

「まさか会えるとは……思わなかった」

冬馬の目から涙があふれる。こぼれた涙が雪の上に落ち、じんわりと消えていく。

「ずっと会いたいと思ってたんだ。俺は希美に……」

希美は白い手袋をはずすと、そっと冬馬の手を取った。

「冬馬……わたしもずっと会いたかったよ」

希美がもう一度微笑む。

「冬馬の前で、いつも意地を張ってしまってごめんなさい。同じ大学に行く約束も、守れなくてごめんなさい」

うつむいた冬馬が、首を横に振る。

「冬馬と一緒に夢を叶えられなくて……冬馬と一緒に未来に進めなくて……冬馬をひとりぼっちにさせちゃって……本当にごめんなさい」

冬馬は唇を噛みしめて、必死に首を振る。そんな冬馬の手を強く握り、希美が伝える。

「今までありがとうね。冬馬」

冬馬が涙を流しながら、ゆっくりと顔を上げた。そして振り絞るように声を出す。

「俺のほうこそ……今までありがとう。希美」

冷たい風が吹いた。向かい合うふたりの上から、木に積もった雪が優しく舞い落ちる。まるで白い桜の花びらが散るように。

絵画のように美しく、でもとても悲しいその光景を、朝陽は黙って見つめていた。

「会えたんだね」

声が聞こえて振り向いた。マスターが穏やかな顔つきで、桜の木の下のふたりを眺めている。

「はい」

朝陽はうなずいた。

「やっと会えました」

一年ぶりに約束を果たした、希美と冬馬。

しかしふたりは最後まで、あの日この木の下で「一番伝えたかったこと」を伝えることはなかった。

「あ……」

そのときふと、朝陽は気づいた。

六花の体の周りを、色鮮やかな蝶が踊るように舞っている。

こんな季節に蝶が？　と思ったが……。

「あれは……」

蝶は名残惜しそうにしばらくその場にたたずんだあと、ひらりと羽を広げ、桜の木の上に飛び立った。

「希美さん……」

朝陽はつぶやいていた。

きっとあの蝶は希美だ。美しくて華やかで、雪にも寒さにも負けない強さがあって――。

青く澄んだ空に、綺麗な蝶の姿が消えていく。

洟をすすった朝陽の耳に、希美の声が聞こえた気がした。

『最後は笑ってお別れしよう』

そうだね、希美さんに悲しい顔は似合わない。

さようなら、希美さん。

朝陽は心の中でつぶやき、青い空に旅立つ希美を、静かに思った。

ひと気のない寂れたバスの待合所で、朝陽は冬馬とベンチに腰かけていた。反対側の隣では、六花が朝陽に寄りかかって寝息を立てている。

さっき木の下で倒れたときは少し慌てたが、すやすやと気持ちよく眠っているだけみたいで、心配はなさそうだ。

冬馬はその顔を優しい表情で見つめてから、朝陽に言った。

「本当に驚いたよ。希美が六花ちゃんに乗り移っていたなんて」

朝陽は冬馬を見て、小さくうなずく。

「でも一目見て、よくわかりましたね。見た目は六花なのに」

「うん。僕も不思議なんだけど……なぜかわかったんだよね。希美が僕に会いにきてくれたって」

冬馬はそう言うと、寂しそうに微笑んだ。

駅行きのバスは、まだ当分やってこない。

「あの卒業式の日……」

遠くを見つめるように冬馬がつぶやいた。

「希美に会えたら、告白するつもりだったんだ。数日前に喧嘩したことを謝って……」

朝陽は黙ってうなずく。でもそれは叶わなかった。

「さっき思わず『好きだ』って言おうと思ったけど……希美はもう、この世界にいないんだよな」

きっと希美の気持ちも同じだったのだろう。

冬馬も、希美も……結局ふたりとも、想いを告げることはできなかったのだ。

　朝陽の胸が苦しくなる。

「この一年間、頭ではわかっていても、心の中ではどうしても納得できなかった。周りの人は『頑張れ』『元気出して』って励ましてくれたけど、それもつらくて……だけど今日、やっと僕なりに心の整理がついたよ」

　積もった雪を見つめ、冬馬がつぶやく。

「大学にも僕の未来にも希美はいない。でも希美は六花ちゃんの中でちゃんと生きてる。僕も希美に恥ずかしくないよう、前を向いて生きていくよ」

　冬馬がもう一度微笑んで、朝陽の顔を見る。

「こんな遠くまで、会いにきてくれてありがとう」

　そしてちょっと考えてから、付け加える。

「きっと希美も思ってるよ、『連れてきてくれてありがとう』って」

　朝陽はなにも言えなかった。ただこれだけは身に染みてわかった。

　伝えたいことは、伝えられるうちに伝えなきゃ、だめなんだと。

　やがて一台のバスがゆっくりと近づいてきた。駅とは反対方向へ行くバスだ。

「僕のほうが先に来ちゃったね」

　冬馬が申し訳なさそうに立ち上がる。

「六花ちゃんと成宮さんにも『ありがとう』って伝えておいてくれるかな？」

「わかりました」

バスが止まり、冬馬が乗り込んでいく。窓から手を振る冬馬に、朝陽も手を振り返す。

去っていくバスを見送りながら、朝陽は思う。

希美がいない今を、そのあとに続く長い未来を、冬馬は生きていかなければならない。

これからずっと。

もし自分が冬馬の立場だったら『前を向いて生きていくよ』なんて言えるだろうか。

心の整理なんて、つくのだろうか。

そしてマスターも……。

「ああ、彼のバス、行っちゃったね」

バスが見えなくなるのと同時に、マスターが戻ってきた。あの場所で「響子と話がしたい」というので、ふたりだけにしてあげたのだ。

「待たせて悪かったね」

「いえ、大丈夫です。まだ駅行きのバスは来てないですから」

「あ、希美ちゃん……いや、六花ちゃんはまだ起きないか。きっと疲れたんだろうね」

さっきまで冬馬が座っていた場所にマスターが腰かける。マスターは「冷えてきたねぇ」なんて言いながら、マフラーを巻き直している。

「響子さんとは……ゆっくり話せました？」

ちらっとマスターを見て聞くと、にっこり笑って答えてくれた。

「うん。ゆっくり話せたよ。ここに来てよかった」

マスターがバッグの中から響子の写真を取り出す。白いシャツに黒いエプロン。カフェで働いているときの、生き生きとした笑顔の写真だった。

「僕を誘ってくれてありがとう。朝陽くん」

「ありがとうだなんて、そんな……お礼を言うのはこっちのほうです。マスターがいなかったらこの場所は見つけられなかったし、希美さんと一緒に来ることはできなかった。それに希美さんと冬馬さんを、会わせてあげることもできなかった」

「いや、朝陽くんに声をかけてもらわなかったら、僕はここに来る勇気が出なかったと思うんだ」

マスターが穏やかに微笑んで、写真を持ったまま遠くを見つめる。

「来れてよかったよ。響子と一緒に」

マスターの横顔は悲しくも、心のしこりがとけたような、そんな表情だった。冬馬と同じように。

「う、うーん……」

朝陽に寄りかかっていた六花が動いた。そして目をごしごしとこすり、ぼんやりとあたりを見まわす。

「……六花？」

「朝陽？」

やっぱり……思っていたとおり、六花に戻っていた。

「えっと……ここは……どこ？」

六花が目をぱちぱちさせながら、朝陽を見つめる。

「朝陽とマスターと電車に乗って、遠くに来たのはなんとなくわかるんだけど……」

六花が首をかしげて、すぐにハッとする。

「そっか。ここが希美さんの来たかった場所……」

そして朝陽の腕をぎゅっとつかむ。

「ねぇ、希美さんは会えたの？　大切な人に」

朝陽は六花の前で静かにうなずく。

「うん。会えたよ。ふたりとも喜んでた。六花にも感謝してたよ」

「……そっか。よかった」

微笑んだ六花の目から涙がこぼれる。

「でももう希美さんは……いないんだよね？」

朝陽は黙ってうなずいた。きっと希美はもう現れない。

しばらく洟をすすっていた六花が、ゆっくりと顔を上げる。

そして「あっ」と声を上げて立ち上がった。

「雪だ。雪が積もってる」

そう言って、待合所から出ていく六花。

「危ないぞ。六花！」

朝陽もそのあとに続き、ひと気のない道路へ出る。

六花はあたりを見渡すと、思いっきり両手を広げ、くるっとまわった。ニット帽から出ているふたつに結んだ髪と、朝陽が巻いてあげたマフラーがふわりと揺れる。

六花は子どものように目を輝かせて、朝陽に言った。

「すごい、すごい！　こんな雪景色初めて見た！」

やっぱり希美はもういない。ここにいるのは間違いなく六花だ。

「朝陽は見たことある？　こんなたくさんの雪」

「俺もないよ」

「あー、あたし、生きててよかったぁ……こんな景色が見られるなんて……」

左胸に手を当てて、六花がしみじみとつぶやく。

「あなたに命をいただいたおかげです。本当にありがとう……」

その言葉が、朝陽の心にじんわりと染み込む。

そうだな。もし希美がドナーになってくれなかったら、六花とこんな景色を見ることもできなかっただろう。そしてこれから六花は、今まで見たことのなかった景色を、もっともっと見ることができる。

「あっ、あれ見て！」

六花が朝陽の袖を引っ張り、小高い丘の上を指さす。

「白い桜が咲いてるみたい」

六花が見ているのは、あの『約束の場所』だった。

晴れ渡った青い空の下、満開の桜のように堂々と立っている一本の木。

「すごく……素敵な場所だねぇ……」

六花の声が胸に響く。嫌いなはずだった雪が、今はすごく綺麗に見える。

「そうだな……」

ぽつりとつぶやいてから、六花に聞いた。

「気に入った？　六花」

「うん！　気に入った。連れてきてくれて、ありがとう。朝陽！」

ありがとうなんて言われる筋合いはないのだけれど。

「まぁ、合格祝いってことで」

六花は嬉しそうに微笑むと、白い手袋をはずした。

「うん。いつもありがとうね、朝陽」

そしてその手袋を、朝陽の両手にはめる。朝陽は驚いて六花に言った。

「なにしてんだよ！　六花の手が冷たくなるだろ？」

「朝陽の手のほうが冷たいでしょ？」

そしていたずらっぽく笑うと、自分のバッグから別の手袋を取り出し、両手にはめた。

「あたしはもうひとつ持ってるの。こういうときのために、いつもバッグに入れておいたんだ。それ、朝陽に貸してあげる」

六花が手につけたのは、朝陽がプレゼントした赤い手袋だ。

なんだか途端に恥ずかしくなる。

「朝陽はいつも我慢しちゃうから」

六花が桜の木を見つめて言った。

「これからはもっと、あたしに頼ってほしいな」

六花の声に朝陽は答える。

「うん、そうするよ。これからは」

朝陽を見た六花が、にっこり微笑む。その笑顔を見て、朝陽は『ふたつのこと』を伝えようと心に決めた。

「おーい、ふたりとも。バスが来たよ！」

バス停からマスターが叫んでいる。

「帰ろう。六花」

手袋をつけた手で、六花の手を握った。六花はその手をきゅっと握り返してくる。

直接肌に触れているわけではないのに、なぜか六花のぬくもりが伝わってくるような気がして、体の奥まであたたかくなった。

雪を踏みしめ、待っているマスターのもとへ歩く。

積もった雪の上に、ふたりの足跡が並んでいた。


ローカル線から新宿行きの特急に乗り換え、ジャケットを脱いだ朝陽は気がついた。

「あれ？」

ポケットから落ちたのは、見覚えのない封筒だ。

「なんだこれ？」

そこに書いてある文字を見て、朝陽はハッとした。

いつの間に、こんなのを……。

「どうしたの？　朝陽」

席に座り、不思議そうな顔をしている六花に、その封筒を差し出した。

「これ、六花に」

「え？」

「希美さんから……みたいだ」

六花は手を伸ばし、『六花ちゃんへ』と書いてある封筒を受け取る。

「……読んでいいの？」

「いいんじゃない？　六花宛てだから」

六花が朝陽とマスターの顔を見まわす。マスターも穏やかな表情でうなずいた。

電車の中で、六花が希美からの手紙を読んだ。

そこには、勝手に六花の体を使ってしまったおわびや、励ましの言葉が書かれてあったという。

六花はうつむいて、きゅっと唇を噛みしめたあと、顔を上げて朝陽とマスターに言った。

「あたし、もっと強くなる」

朝陽は六花の顔を見た。

「強くなって、誰かを助けてあげたい。今までたくさんの人に、助けてもらってきたから」

マスターが静かに微笑んで告げる。

「六花ちゃんはもう助けてるよ」

そして大人の手で、六花の頭をそっとなでた。

「希美ちゃんと冬馬くんを助けたし、響子も六花ちゃんに助けられてた」

「え……」

「いつも響子が言ってたよ。どんなにつらい治療にも、六花ちゃんは負けずに頑張っていたって。わたしはいつも勇気をもらってるってね」

「そんな……」

六花の顔が泣きそうに歪む。

「あたしなんて……いつも響子さんに元気づけてもらってばかりで……」

「そんなことない。響子の代わりに僕が言うね。六花ちゃん、今までいっぱいありがとう」

首を横に振る六花の頭を、マスターが優しくなでている。

朝陽はそっと目をそらし、陽が暮れかけた窓の外を見た。

空と白い山が、薄いピンク色に染まっている。住んでいる街からは見られない風景。

六花と来たこの景色を忘れないようにしよう。

どんな些細なことでも大切な思い出にしよう。

誰もが明日、どうなるかはわからない。

自分の大切な人が、自分自身が、明日この世界からいなくなってしまうかもしれないのだから。

「ただいまぁ」

六花を家に送り届け、自宅の玄関を開けた。それと同時に弟と妹が駆け寄ってきて、朝陽に思いっきり飛びついた。

「おかえりー、朝陽兄ちゃん！」

「おかえりなさい！　お兄ちゃん！」

「お兄たん！　抱っこー」

いつもの出迎えを受け、今日は普段以上にホッとする。たった一日離れていただけなのに、なぜか長い間会えなかったような気持ちになる。

もし突然、弟や妹に会えなくなったら……想像しただけで、言葉にできないほど悲しくなる。

「みんなにおみやげ買ってきたぞー」

朝陽は陸、海、空の頭を順番にぽんぽんっとなでながら言う。

おみやげといっても時間がなかったから、乗換駅で急いで買ったお菓子だけど。

「やったー！　おみやげ！　おみやげ！」

「陸ちゃん、ずるいよ！　横入りしないで！」

「うるさい、海！　僕が先だ！」

「喧嘩するなよ。ちゃんとみんなの分あるから」

玄関で弟や妹たちをなだめていたら、キッチンから宙をおんぶした波留が顔を出した。

「おっ！　おかえり、朝陽くん！」

「ただいま」

にこっと笑って、波留が朝陽に聞く。

「六花ちゃん、喜んでた？」

波留には、六花の合格祝いとして、マスターと一緒に日帰り旅行に行くと説明してあったのだ。

「うん。喜んでたよ」

「よかったじゃん！」

波留が嬉しそうに叫んで、パンパンッと威勢よく手を叩く。

「お兄ちゃん疲れてるんだから、部屋に入れてあげて！　みんなでご飯食べるよー！」

波留の声に朝陽が尋ねる。

「え、ご飯まだ食べてなかったの？」

もうだいぶ遅い時間だ。弟や妹たちは、とっくに食事を終えているはず。

「うん。陸たちが『朝陽兄ちゃん帰ってくるまで待ってる』ってきかなくてね」

立ちすくむ朝陽の服を、陸と海が左右から引っ張った。

「食べよ、兄ちゃん！」

「今日はカレーなんだよ」

「兄ちゃん、カレー好きでしょ？」

「う、うん」

なんだろう。胸がいっぱいで、泣きそうになる。

リビングに向かおうとしたとき、玄関のドアが開いた。

「ただいまぁ」

「あっ、パパだ！」

「パパも帰ってきたー！」

朝陽に絡みついていた弟や妹たちが、あっけなく父のもとへ駆け寄っていく。

父が陸たちの頭をなでてから、顔を上げる。

「おう、朝陽。出迎えてくれるなんて、めずらしいな」

「べつにたまたまここにいただけだよ」

父がにかっと笑って、朝陽の頭をくしゃくしゃとなでた。

子ども扱いされるのは嫌だったはずなのに、今日はなぜだか心地よい。

「パパ、いいところに帰ってきたじゃん。じゃあ、みんなで一緒にカレー食べよう！」

「おー、カレーか。いいね！　ちょうど食いたかったんだよ」

「僕、朝陽兄ちゃんの隣に座る！」

「あー、ずるい！　お兄ちゃんの隣はあたしだもん！」

騒がしい家族を見ながら、自然と笑みがこぼれた。

希美が言ったように、家族との間に壁があると感じていたのは、自分だけだったのかもしれない。そんなものは最初からなくて、いつだって自分も、この家族の一員だったのかもしれない。

「お兄たん、抱っこしてー」

朝陽の足元で、空が甘えるように両手を広げてくる。

「いいよ」

空を抱き上げて、リビングに向かう。

「空、おっきくなったんじゃないか？」

「お兄たんがちっちゃくなったんだよ」

「ははっ、そうかも」

リビングのテーブルに七人分のカレーが並んでいる。その匂いを嗅ぎながら、初めて朝陽は思った。

この家族でよかったな、と。

その日の夜、みんなが寝静まったあと、朝陽は勉強机の灯りをつけた。そしてそっと引き出しを開け、何通もたまっている封筒の山を見下ろした。

差出人の名前はすべて【飯田早智子】――朝陽の実の母親だ。

母からは定期的に手紙が届いていたが、朝陽はそれを開けようとはしなかった。

幼いころ、母に置いていかれたショックが、どうしても消えなかったからだ。

しかし父は朝陽に言うのだ。「仕事が忙しく、母さんに寂しい思いをさせてしまった。父さんにも責任はあるんだ」と。

だけどそんなのは関係ない。朝陽は母を許せなかったし、今でも許してはいない。

「でも……」

このままこの気持ちを、ずるずると引きずったままでいいのだろうか。幼いころ言葉にできなかった悲しみや苦しみを、今なら言葉で伝えることができるのではないだろうか。

朝陽は一番新しい手紙を手に取った。そこには母の名前とともに、住所も書いてある。東京の隣の県。いつだって、会おうと思えば会えたのだ。

母を「許す」ことはできないけれど、今の想いを伝えることはできる。伝えたからといってなにも変わらないかもしれない。変わりたいとも思わない。でも伝えたいことは伝えたほうがいい。

それが今日、朝陽が心に決めたことのひとつだった。

薄暗い部屋の中、ぼんやりと灯るライトの下で、思い切って封を切った。震える手で封筒から便箋を取り出し、そっと開く。

【朝陽へ】

小学校入学前、ひらがなを教えてくれたときと同じ母の綺麗な文字が、目に飛び込んできた。

【朝陽。元気にしていますか？　何度も手紙を書いてしまってごめんなさい】

両手で便箋を持ち、一文字も見逃さないよう追いかける。

【春になれば高校三年生ですね。背も伸びて、顔も大人びたことでしょう。今、街中であなたと会っても、気づくことができないかもしれません】

ぐしゃっと握りつぶしたくなるのを、なんとかこらえる。

ああ、そうだよ。あれから十年経ったんだ。こっちだって母の顔なんて、もう忘れかけている。

便箋を持つ手に力を込めて、続きを読む。手紙にはとりとめのない話題が、長々と続いていた。

寒いけれど風邪はひいていないか。お父さんとは仲よくやっているか。勉強は頑張っているか。高校卒業後の進路は決まっているのか。

そしてそのあとに、母の気持ちが書いてあった。

【わたしは今もずっと、あの日のことを後悔しています】

「あの日のこと……」

朝陽の頭に、家を出ていく母の背中が浮かぶ。あの日の朝陽は、泣くことも追いかけることもできず、ただその背中を見送ったのだ。

【家を出てから考えていたのは、あなたのことばかりでした。朝陽はどうしているだろう。泣いていないだろうか。お腹をすかせていないだろうか。わたしがそばにいなくても眠れるだろうか。そんなことばかり考えていました。寂しくて寂しくて、あなたのことを想わない日は一日もありませんでした。そしてあの日からずっと、わたしはひとりでいます】

「ひとり……なんだ」

もしかしたら父と同じように、再婚したかもと思っていたのに。

朝陽は封筒の差出人の名前を見る。

そうか。よく考えればわかることだ。【飯田】は母の旧姓。母は旧姓に戻ったまま、誰とも再婚していない。

【今さらこんなことを言って、本当にごめんなさい。朝陽に許してもらおうとは思っていません。わがままだとわかっています。でももう一度だけあなたに会いたい】

しばらくぼんやりとしたあと、朝陽は引き出しごと引き抜いて、手紙を机の上にばらまいた。片っ端から封を開け、便箋を開いて文字を読む。

そこにはいつも、とりとめのない話と、今でも後悔しているという言葉。そして最後にはいつも【朝陽に会いたい】という言葉が綴られていた。

「会いたい……」

朝陽は手紙を、ぎゅっと握りしめた。そしてしばらく迷ったあと、ゆっくりと立ち上がり、父の眠っている部屋へ向かった。


弟たちと眠っていた父を起こし、自分の部屋に呼んだ。父は眠そうに目をこすっていたが、朝陽の部屋にあった手紙の山を見て、目を見開く。

「ごめん。ほんとは捨ててなかったんだ」

朝陽の声に、父は静かにうなずいた。

「わかってたよ。そんなの」

父は全部お見通しだったのか。

「さっき読んだんだ。母さんからの手紙」

「そうか」

「俺、決めた。母さんに会ってくるよ」

父は黙って朝陽を見ている。

「母さんのこと、許したわけじゃないけど……でも会って、今の気持ちを伝えたい」

父がうなずいて言った。

「会ってくるといい」

ほんの少し口元をゆるめ、父は朝陽の肩をぽんっと叩く。

「母さんに会いにいくこと。お前が自分で決めたんだもんな。大人になったよ」

そんなことで大人になったと言えるのだろうか。

父は小さく朝陽に笑いかけ、子どものころのように、朝陽の頭をくしゃくしゃとなでた。


それから毎日、朝陽は母に会いにいくことを考えていた。

しかしいざ行こうと思うと、尻込みしてしまう。

「やっぱり今日はやめよう」

「次の休みの日に行こう」

そんなことを繰り返しているうちに、何日も経ってしまった。

こんなヘタレな自分が嫌になる。

それなのに今日も、会いにいく勇気が出なかった。

「どうしたらいいんだよ……」

夜、自分の部屋で頭を抱えたら、六花の声が頭に浮かんだ。

『これからはもっと、あたしに頼ってほしいな』

「六花……」

なにげなく窓の外を見ると、六花の部屋の窓が見えた。今夜もあたたかそうな灯りがついている。手を伸ばし、ガラス窓に手のひらをピタリとつける。

「そうだ……そうしよう」

静かにつぶやいて、朝陽は心に決めた。


翌日の土曜日はバイトが休みだった。朝陽は玄関を出て、六花の家に行く。六花に会うのは、長野に行ったあの日以来だ。

マスターが本格的に営業を再開したため、朝陽はバイトに明け暮れていたし、六花は高校の入学準備で忙しく、なんとなく会う機会が減ってしまったのだ。

「あら、朝陽くん、久しぶり」

「こんにちは。おばさん」

「六花、上にいるわよ」

「はい。お邪魔します」

いつものように六花の母に挨拶して、二階の部屋に向かう。

「六花。俺だけど。入っていい？」

ノックをして声をかけると、久しぶりに聞く六花の声が、ドアの向こうから響いてきた。

「入っていいよー」

ドアを開けた瞬間、六花が満面の笑みで駆け寄ってきた。

「朝陽！　どうしたの？」

昔と変わらないその笑顔を見て、なんだかホッとする。

「ちょっと六花に話があって」

「実はあたしもね、朝陽に渡したいものがあったんだ」

六花がにっこり笑って朝陽に言う。

「渡したいもの？」

「それより先に、朝陽の話を聞かせて？」

朝陽は少したためらったあと、六花に向かって思い切って口を開いた。

「六花、この前言ってくれたよな？　もっとあたしに頼ってほしいって」

「ああ、うん。言ったよ」

「前に『朝陽のお母さんのことは？　大丈夫なの？』って言ったのは覚えてる？」

「うん……覚えてる」

「あのときはなんでもないような顔してたけど……俺やっぱり母さんに会って、ちゃんと話してこようと思うんだ」

六花は朝陽を見つめて「うん」とうなずく。

「そうだね。それがいいよ」

その言葉を聞いてから、朝陽はちょっと迷ったあと、こう言った。

「それで……六花に頼みがあるんだけど」

「なんでも言って！　あたし朝陽の力になりたいの！　なんでもするよ！」

ぎゅっとこぶしを握った六花が、澄んだ目で真っ直ぐ朝陽を見つめてくる。

ずっと六花に、頼りにされたいと思っていた。だから自分が弱みを見せるなんて、ありえないと思っていた。

でも今は――。

「六花、俺に……頑張れって……言ってくれないかな？」

父には「大人になった」なんて言われたけれど、本当は怖くて怖くて仕方ない。

母に会ったら文句を言ってやりたいと思うのに、いざ行こうと思うと足がすくむ。

だから六花に一言励ましてもらいたくて、情けないのを承知でここに来たのだ。

六花は黙って朝陽を見ていた。なんだか無性に照れくさくなる。

ああ、これ、失敗したかも――。

朝陽は慌てて声を上げた。

「あー！　やっぱり今のなし！　忘れて！」

すると六花が一歩足を踏み出し、朝陽の前に立った。そしてその手でそっと、朝陽の手を包み込んだ。

朝陽のよく知っている六花のぬくもりが伝わってくる。

「言わない」

「へ？」

「頑張れなんて言わない」

呆然とする朝陽の前で、六花がふっと頬をゆるめた。

「だって朝陽はいっつも頑張ってるじゃん。これ以上頑張ったら壊れちゃうよ」

「六花……」

「だから言わない」

六花の手に力がこもる。冷たかった朝陽の手が、じんわりとあたたかくなる。

「あたしが不安になって泣いてたとき、朝陽いつもこうしてくれたよね？」

覚えていたんだ。

幼いころから、病室で六花が泣いていたり、寂しそうにしたりしていたとき、六花の手を握ってあげた。すると泣いていた六花が、いつも笑ってくれたのだ。

涙で潤んだ目で朝陽を見つめて、にっこりと。あの顔は今でも忘れられない。

六花が目を閉じ、静かにつぶやく。

「大丈夫だよ」

その言葉が胸に響く。

「大丈夫だよ。朝陽」

目を開いた六花が、優しく微笑む。その顔を見ていたら、不思議なことに心が落ち着いてきた。

もしかしたら六花もあのころ、朝陽に手を握られて、こんな気持ちになっていたのかもしれない。

「ありがとう、六花」

そっと六花から手を離す。

「俺、行ってくるよ。母さんに会いに」

「うん」

六花が穏やかな顔でうなずいた。

ずっと思っていた。六花には自分がいなくちゃだめなんだと。自分が必要なんだと。

でも本当はその逆で、自分に六花が必要だったのかもしれない。

「朝陽。これもらってくれる？」

そっと手を離した六花が、小さな包みを差し出した。

「え、なに？」

「いいから開けてみて？」

言われるままに開けてみると、それはあたたかそうな手袋だった。

「それね、希美さんからのプレゼントだよ」

「え？」

朝陽は驚いて六花を見る。

「希美さんの手紙に書いてあったんだ。手袋を買ってあるから、六花ちゃんから朝陽くんに渡してって」

「希美さんが……」

「六花ちゃんのおこづかい勝手に使っちゃってごめんね、とも書いてあった。あたしからのプレゼントってことにしたいみたいだったけど……言っちゃった」

いたずらっぽく笑う六花の前で、朝陽も微笑む。

「ね、つけてみて？」

「ああ、うん」

手にはめると、ふんわりとあたたかさが伝わってきた。

「今日はこれつけてくよ」

「うん」

「じゃあ……いってきます」

「いってらっしゃい。朝陽」

六花が朝陽に手を振った。

その笑顔をお守りにして、朝陽は六花の家を出た。


「あれ……」

駅に向かって歩いている途中、朝陽はふと気がついた。

晴れた空から、白いものがはらはらと落ちてくる。

「雪？」

もう三月なのに。

寒さを覚えて、ジャケットのポケットに手を入れたら、手袋をつけた指先が紙に触れた。

そっと取り出したのは、一枚の写真だった。

朝陽が持っていた、たった一枚だけの古い写真。それを今日、そっとポケットに忍ばせてきたのだ。

児童公園の前で立ち止まり、折りたたんでいた写真を開き、なんとなく眺める。

写真の中の幼い朝陽は、家の中なのに青いチェックのマフラーを巻いていた。その後ろには飾りつけをしたクリスマスツリー。

クリスマスに母から、小学生にしては大人っぽいマフラーをプレゼントされたのが嬉しくて、母とふたりで写真を撮ったのだ。

そのあと朝陽の前にしゃがみ込んだ母が、朝陽の目を見てこう聞いた。

『朝陽はお父さんのことが好き？』

『うん！　だーい好き！』

母はどこか寂しそうに微笑んで、「マフラー、ずっと大事にしてね」と朝陽に言った。

「早く帰る」と約束していた父が帰ってきたのは、その日、朝陽が寝たあとだった。

それから少し経った、雪のちらつく日。母はひとりで家を出ていった。

だから朝陽は雪が嫌いになった。母に置いていかれた日を思い出してしまうから。

でももしかしたらあのとき、『お父さんよりお母さんが好き』と言っていたら、母は自分を連れていってくれただろうか。

今となっては、どうにもならないことだけど。

公園では、小さい子どもたちが母親と一緒に遊んでいた。その姿を幼いころの自分と重ね合わせる。

『朝陽はお母さんのこと、すごく好きだったもんね』

いつか六花に言われた言葉。

ああ、そうだよ。悔しいけど、そのとおりなんだ。

小さい男の子が転んで泣き出した。駆け寄ってきた母親がその子を立たせてあげて、目の前でなにか話しかける。それだけで泣いていた男の子が笑顔になった。

朝陽はその光景から、そっと視線をそむける。

大丈夫、大丈夫。心の中で唱えた。

今はもう、あんなに小さかった子どもじゃない。母がいなくても、ひとりで立ち上がることができる。

朝陽は写真を折りたたみ、ポケットに戻した。それからマフラーを巻き直す。あのクリスマスの日、母にもらったマフラーを。

「いまだにこんなのつけてて……ダサいよな」

思い出したくないのに、腹が立って仕方ないのに、いつまでも名残惜しそうに、このマフラーを身につけている。

「矛盾してる……」

ふっと微笑んで、思いつく。

そういえば春に降る雪のことを、名残雪って言うんだっけ？

「未練たらしい俺みたいだ……」

青い空からはらはらと舞い落ちる雪が、マフラーの上にふわりと落ちる。

朝陽はその雪を手で払うと、前を向き、母の住む街へ向かって歩き出した。

エピローグ

入学式当日は、朝から春の日差しが降り注ぐ、あたたかな日だった。

始業式とホームルームが終わると、朝陽たち上級生は下校となる。しかし朝陽だけは教室に残り、ぼんやり窓の外を眺めていた。

「あれ、朝陽、まだいたの？」

ひょこっと教室をのぞいてきたのは清史郎だった。朝陽は顔をしかめて答える。

「お前こそ、なんでいるんだよ」

「俺は、新学年早々担任に呼び出し。二年のうちに出しとく進路希望、俺だけ出してなかったからさー」

「それはお前が悪いんだろ」

清史郎がずかずか教室に入ってくる。同じクラスじゃないのに。

「いや、俺は大学行ってやりたいことあるんだけど、父さんはうちの仕事継ぐために専門の勉強しろとか言うからさぁ。今家族で話し合い中……ていうか、もめてるんだ」

「えっ」

朝陽は驚いて清史郎を見る。

「お前、ちゃんと将来のこと考えてたんだ」

「は？　当たり前だろ？　もう高三だぞ？　お前もちゃんと考えろよ」

清史郎が偉そうに、朝陽の肩をぽんっと叩く。

将来のことか……。

母と再会したあとも、朝陽の暮らしはなにも変わらなかった。あいかわらずあの騒がしい家で、父と波留、そして弟や妹たちと暮らしている。

ただ、今はまだもう少し、ここにいてもいいかな、なんて思うようになった。この前まではあんなに家を出たいと思ってたのに。

「さ、とっとと帰ろうぜ」

「いや、まだ帰らない」

朝陽の声に清史郎がきょとんとする。

実は今日、入学式のあと、六花を呼び出したのだ。

伝えたいことがあるから、体育館の裏にある、この学校で一番大きな桜の木の下まで来てくれ、と。人生最大とも言える、勇気を出して。

すると六花がこう言った。

『いいよ。あたしも朝陽に言いたいことがあるから』

言いたいことってなんなんだ。気になりすぎて、昨夜は眠れなかった。

「は？　なんで？　なんか用事あるの？」

朝陽は覚悟を決めると、思い切って清史郎に告げた。

「俺、六花が好きだ」

ぽかんと口を開けて、清史郎が朝陽を見ている。

「お前が六花を好きでも……俺は六花が好きなんだ」

「はぁ？」

清史郎が顔をしかめた。

「朝陽、前に言ったよな？　俺が、六花ちゃんのこと好きなんだろって聞いたとき、そんなんじゃないって」

「……言った」

「俺が告るって言ったら、勝手にすればいいって」

「……言ったよ」

つぶやいてから、顔を上げた。

「でも俺、六花が好きだから。お前が六花に告るとしても……俺もちゃんと六花に言うから。好きだって」

じっと朝陽を見つめていた清史郎が、くしゃっと表情を崩した。そしてにやにや笑いながら、いつものように肩に手を回してくる。

「やっと素直になったな？　ひねくれ者の朝陽くん」

「やめろよ」

「しかも律儀にライバルに報告してくるとは。かわいいやつだ」

清史郎の手が、朝陽の頭をくしゃくしゃとかき回す。

「でもまぁ、俺のことは気にするな。もうとっくにフラれたから」

「え……」

「前に六花ちゃんとふたりきりで歩いたとき、思い切って言ったんだ。『俺と付き合わないか』って」

清史郎が六花と「話したいことがある」と言った日だ。やっぱりあの日、清史郎は伝えたんだ。

「だってほら、六花ちゃんかわいいから、さっさとしないと他のやつに取られちゃうだろ？　俺はお前みたいにグズじゃないからさ。うじうじ考えてる時間はないと思って、とっとと告っちゃったわけよ」

ごくんと唾を飲む。

「そしたら六花ちゃんさぁ、ものすごく困ったように、顔を真っ赤にして言うんだ。『ごめんなさい』って。あんなふうに謝られちゃったら、もうあきらめるしかないだろ」

清史郎が小さくため息をつく。

「だから俺のことは気にするな。ただもしお前がこれ以上ぐずぐずして、六花ちゃんを他の男に取られた場合は……」

清史郎が朝陽の首を抱え込んだ。

「俺が許さねーからな！」

「や、やめろ！　苦しい！」

あははは っと、清史郎の笑い声が高らかに響く。そして手を離すと、朝陽に向かって言った。

「じゃあな、頑張れよ」

「ああ」

うなずいてから、ぼそっとつぶやく。

「いつもありがとな。清史郎」

にっと笑った清史郎が、軽く手を振り、教室を出ていく。

朝陽はその背中を見送って、また窓の外を見た。

三年生の新しい教室からは、体育館の裏にある桜の木が見えた。学校一大きくて立派な木なのに、目立たない場所にあるせいで、ひっそりと満開を迎えている。

それを見ながら朝陽は、今年の冬のことを思い返していた。

あの長野に行った日以来、希美は二度と現れることはなかった。

でも六花の体に希美の魂が宿らなければ、こんな「今」はないだろう。

見えない不安に押しつぶされそうになりながら、それを見せないように強がって、ずっと六花のことを傷つけていただろう。

希美の存在はそんな自分のことも、変えてくれたのだ。

時間を確認すると、そろそろ入学式が終わるころだった。このあと各クラスでホームルームが行われたあと、新入生は解散する。

朝陽は立ち上がると、誰もいない教室をあとにした。


体育館裏の一本桜のあたりは、やはりひと気がなかった。

新入生がぞろぞろと校舎から出てくる。しかし多くの生徒と保護者は校庭に向かい、何本も並んでいる桜の木をバックに写真を撮っているようだ。

今日は部活もないから、いつも体育館を使う上級生が来ることもなく、一本桜の下は静まり返っている。

朝陽はひとりで木の下に立ち、空を仰いだ。淡い水色の春の空と、ぽっかり浮かんだ白い雲、それに薄紅色の桜の花。吹く風は心地よく、降り注ぐ日差しはあたたかい。

「朝陽」

名前を呼ばれて視線を下ろす。目の前に立っているのは、隣の家に住む幼なじみ。

「六花」

いつもふたつに結んでいた髪を下ろし、真新しい制服を着た六花が微笑む。

朝陽はその笑顔を見ながら、しんみりと思う。

今日こうやってここで会えたこと。それは当たり前のようで当たり前じゃない。奇跡のようなことなんだと。

「どう？　制服、似合ってる？」

六花が得意げにくるりと一回転する。長い髪とスカートがふわりと揺れる。

「うん。似合ってる」

この高校の女子の制服は、ブラウスがセーラーカラーになっている。紺色のジャケットからのぞく白い襟がかわいいと、ずっと六花は憧れていた。

「六花もしかして、その制服が着たくてうちの学校受けたのか？」

すると六花がくすっと笑って答えた。

「それもあるけど、それだけじゃないよ」

そしていたずらっぽい表情で、朝陽の顔をのぞき込んでくる。

「で？　あたしに伝えたいことってなんですか？」

あらためて聞かれると、恥ずかしくなる。

「あ、いや……六花も言いたいことあるんだよな？　だったら先に……」

「あたしが先に言っていいの？」

目の前に立つ六花と目が合う。

「や、やっぱり俺が先に言う！」

「うん。どうぞ」

六花が目を輝かせ、にこにこしながら朝陽を見ている。

言わなくちゃ。大事なことはちゃんと伝えるって決めたんだ。

「六花。俺……」

たとえ六花にどう思われようと、この気持ちを伝えよう。

「俺、六花のことが好きだ」

春のやわらかな風が吹き抜けて、はらりと一枚、桜の花びらが落ちてきた。

それは六花の前を踊るように舞って、スローモーションみたいにゆっくりとゆっくりと落ちていく。まるでここだけ、時間の流れが変わってしまったかのように。

やがてその流れは逆回転して、朝陽を過去の世界へ連れ戻す。

六花と一緒に見た、長野の雪景色。合格発表の日、渡しそびれた手袋。

ふたりでした受験勉強。祈るしかできなかった移植手術。

病状が悪化し、もう会えないかもしれないと覚悟した夜。

ふたりで歩いた中学校の通学路。心配でのぞきにいった小学校の教室。

どんな話をして笑わせようかと考えながら訪れた病室。

「朝陽！」と呼んでくれた六花の幼い声とあどけない笑顔。

今まで朝陽が生きてきたほとんどの日々に六花がいた。六花がいたからここまで来られた。朝陽には六花が必要だった。

真新しい六花のローファーのそばに、花びらが落ちた。それを見ていた朝陽の耳に、六花の声が聞こえた。

「ねぇ、朝陽」

ハッと顔を上げると、六花と目が合った。

「あたしがどうしてこの学校を選んだか、教えてあげようか？」

「え……」

「家から近いとか、制服がかわいいとか、あたしの病気のことを理解してくれるとか、いろいろあるけど。でもね、一番行きたかった理由は……朝陽がいるからだよ」

風に揺れる髪を耳元で押さえながら、六花がにっこりと微笑む。それからしっかり朝陽の顔を見て、静かに告げた。

「あたしも好きだよ。朝陽のこと」

胸の奥がじんわりと熱くなる。

「あたしもそれを伝えたかったの。朝陽に」

なんとも言えない気持ちが湧き上がってきて、言葉の代わりに涙があふれた。

「えっ、うそ！　朝陽、泣いてる？」

「な、泣いてなんかない！」

うつむいて、慌てて目元をこすったら、体がふわりとなにかに包まれた。

「大丈夫だよ、朝陽」

朝陽の腰に両手を巻きつけ、六花が寄り添ってくる。

「あたしがずっとそばにいるから。朝陽はひとりじゃないよ？」

優しく伝わってくる、六花のぬくもり。お互いの心臓の音まで、聞こえてしまいそうな距離。それはものすごく心地よく、なによりも安心できた。

おそるおそる手を伸ばし、六花の髪に触れた。柔らかい髪をなで、そのままそっと抱きしめる。ガラス細工のような体を、壊れないように気をつけながら。

「六花」

目を閉じて、静かにつぶやく。

「来年の春も、ここに来よう」

この学校を卒業しても。大人になっても、

「その次の春も、その次も……十年後も二十年後も五十年後も、その先もずっと……ここに来よう」

朝陽の胸の中で、六花がくすくす笑っている。

「あたし……おばあちゃんになっちゃうよ」

「いいんだよ。そのころには俺もおじいちゃんだから」

そう、それまでここで六花に会えるなら、おばあちゃんだって、おじいちゃんだってなんだっていい。

六花がおかしそうに笑う。朝陽は体を少し離し、六花の顔を見つめて言う。

「約束……してくれる？」

六花はじっと朝陽を見つめたあと、にこっと微笑んで答えた。

「うん、いいよ。約束ね？」

誰だって、明日のことなんてわからない。一年後、十年後のことなんて、もっとわからない。

それでも明日、笑顔で会えるように。一年後、約束の場所で会えるように。

毎日をしっかり生きていくしかないんだ。

そしてその毎日に君がいてくれたら……。

六花と向かい合って、見つめ合う。少し強い風が吹き、桜の木がざわっと揺れる。

「わぁ……」

六花が声を上げて上を見た。朝陽も一緒に顔を上げる。

満開の桜の木から、花びらがはらはらと舞い落ちてくる。まるであの『約束の場所』で見た、白い雪のように。

「綺麗……」

優しく降り注ぐ花びらをうっとりと見つめながら、六花が左胸に手を当てた。

「心臓の音がね。聞こえるの」

「え？」

「あたしの中で力強く動いている、希美さんの心臓の音」

六花は左胸を押さえたまま、目を閉じる。

「生きてるんだなぁって思う。あたしは希美さんと一緒に生きてる。これからもずっと」

朝陽は六花の隣でうなずいた。六花が目を開けて、にっこり微笑む。

「うん。俺もそう思うよ」

きっと今、六花の中で、希美もこの景色を見ているだろう。

そしてどこかで冬馬も、同じような景色を見ていたらいい。

六花の力強く動く心臓の音が、朝陽の耳にも聞こえてくるようだった。

「そろそろ帰ろうか」

声をかけると、六花が「うん」とうなずいた。

ふたり並んで、ゆっくりと歩き出す。どちらともなく、手をつなぎ合って。

「ねぇ、朝陽？」

六花が前を見たまま言った。

「あたしたちって……『付き合う』ってことでいいんだよね？」

「えっ！」

突然の言葉に慌ててしまう。六花に想いを伝えることしか考えてなかったから、その先のことは想像していなかったのだ。

「えっと……まぁ、そういうことにしておいてもいいのかもしれないいな？」

「なにそれ！　はっきりしてよ。朝陽はあたしの『彼氏』ってことでいいんだよね？」

隣から至近距離で見つめられ、うなずくしかない。

「……じゃあ『彼氏』ってことで」

「だったらあたしは朝陽の『彼女』だね」

眩しく笑う六花は、嬉しそうだ。

また胸がいっぱいになって、朝陽は六花に向かって言う。

「あのさ、明日から一緒に学校行こうか？」

「え？」

今度は六花が驚いたように朝陽を見た。

「『お兄ちゃん』としてじゃなく『彼氏』として」

きょとんとしていた六花が、花ひらくように笑顔になる。

「うん！　いいよ！　そうしよう」

「じゃあ明日の朝、迎えにいく」

「待ってるね」

隣で微笑む六花を見たら、朝陽も自然と笑顔になった。


歩き慣れたいつもの帰り道。だけど今日からはちょっと違う。

お互いを認めて信頼し合えるようになったから。

伝えたいことを伝えることができたから。

『お兄ちゃん』と『妹』ではなく『彼氏』と『彼女』になれたから。

やがて路地の先に『カフェ　ナリミヤ』が見えてきた。

「ちょっと寄ってく？」

朝陽が六花を見て言う。

「マスターに制服姿見せてあげれば？」

六花が嬉しそうにうなずく。

「うん！　そうする！」

手をつないだまま、レトロなドアを開いた。カランカランッとどこか懐かしいドアベルが響く。苦くて甘いコーヒーの香りが漂っている。

カウンターの奥にいたマスターがふたりに気づき、優しく微笑んだ。

「おかえり、朝陽くん、六花ちゃん」

「ただいま、マスター」

「ただいま」

ずっと、ひとりぼっちなんかじゃなかった。

いつだって、春のようにあたたかい人たちに見守られていたことに、朝陽はやっと気づくことができたのだ。

ふたりのあとを追うように舞っていた蝶が、春風に乗って、青い空へと飛んでいった。

あとがき

こんにちは、水瀬さらです。

ことのは文庫さまから、四冊目の本を出していただくことができました。

冬の物語である今作は、「泣ける四季シリーズ」の最終章となっております。

春の物語からずっと続けて読んでくださっている皆さまには、深く感謝申し上げます。

また、今回はじめてわたしの本を手に取ってくださった方、数ある本の中から見つけていただき、本当にありがとうございます。

たくさんの方の力をお借りして、ここまで書き続けることができ、幸せな気持ちでいっぱいです。

今回の主人公は高校生の朝陽。しっかりしているように見えて、実は鬱々とした想いも抱えています。春の物語からずっと、主人公は高校生や大学生で書いてきました。

わたしはもういい大人ですが、青春時代って悩んだり立ち止まったり、泣いたり怒ったり……キラキラしたところばかりではなく、危なっかしいところもたくさんあります。

でも今振り返れば、どれも懐かしい思い出で（もちろん黒歴史もありますが）あのころのもやもやした気持ちや、一瞬でもキラキラした瞬間は、かけがえのない宝物です。

だからわたしは青春ストーリーを書くのが好きですし、きっとこれからも書いていくでしょう。

今、青春時代を生きている皆さんは、一瞬一瞬を大事に過ごしてほしいなぁ、なんて、遠い昔を振り返りながら思っています。

そしてわたしと同じように「大人」になってしまった方々にも、昔を思い出しながら楽しんでいただけたら嬉しいです。

「四季シリーズ」すべてを担当してくださった編集の佐藤さま。いつも褒めていただき、ありがとうございます。一緒に四季の物語を作り上げることができて、とても幸せです。

装画を担当してくださったフライさま。毎回素敵なイラストをありがとうございました。

春夏秋冬、どの表紙も最高にかわいくて大好きです。

また、この本に関わってくださったすべての皆さまに、心よりお礼申し上げます。

そして今、これを読んでくださっている読者さま。本当にありがとうございました。

奇跡のように素敵な出会いを大切に、これからも歩んでいきたいと思っております。

二〇二四年四月　水瀬さら

ことのは文庫

約束《やくそく》のあの場所《ばしょ》、君《きみ》がくれた奇跡《きせき》

2024年4月28日 初版発行

著者 水瀬《みなせ》さら

発行人 子安喜美子

編集 佐藤 理

印刷所 株式会社広済堂ネクスト

発行 株式会社マイクロマガジン社
URL：https://micromagazine.co.jp/
〒104-0041
東京都中央区新富1-3-7 ヨドコウビル
TEL.03-3206-1641 FAX.03-3551-1208（販売部）
TEL.03-3551-9563 FAX.03-3551-9565（編集部）

本書は、書き下ろしです。
定価はカバーに印刷されています。

ISBN978-4-86716-558-4 C0193
乱丁、落丁本はお取り替えいたします。